Catherine May

JEHLIČKA
POLKA IM DIRNDL

Erotische Erzählung

Crossdresser-Erzählungen
Band 11

Bibliographische Information der Deutschen Nationalbibliothek:
Die Deutsche Nationalbibliothek verzeichnet diese Publikation
in der Deutschen Nationalbibliografie. Detaillierte bibliografische
Daten sind im Internet unter http://dnb.dnb.de abrufbar.

© 11/2021 Catherine May
2. Auflage
Herstellung und Verlag:
BoD – Books on Demand, Norderstedt

ISBN: 978-3-7543-9747-3

Konzert im Dirndl

Was bis zu diesem Augenblick geschehen war, war schon peinlich genug gewesen. Aber jetzt kam der Höhepunkt: Jetzt musste er auf die Bühne! Nun würden ihn nicht nur die Musiker-Kollegen sehen, von denen die meisten schon vorher von der verlorenen Wette gewusst hatten; zum Teil waren sie daran sogar beteiligt gewesen, hatten ihn dadurch also überhaupt erst in diese Situation gebracht. Sie hatten ziemlich genau so reagiert, wie er es erwartet hatte. Was er mitbekommen hatte, war es vor allem Gelächter und Spott gewesen: Schau mal, Stefan im Dirndl und in Stöckelschuhen! Mit Perücke, Lippenstift und sogar lackierten Fingernägeln! Und er hat – sieh mal! – sogar einen Strass-Stecker in der Nase! Wirklich wie ein Mädchen! Wahrscheinlich hat er auch ein Tattoo auf dem Po: „Ich bin ein Mädchen. Nimm mich hart!"

Sie hatten bereits ihren Spaß gehabt, gegen den er sich kaum hatte wehren können. Und sie hatten ja recht! Wie lächerlich musste all das wirken! Und wenn sie gewusst hätten, was er *unter* dem Dirndl trug – wie weit die Mädels gegangen waren, als sie ihn vor dem Konzert verkleidet hatten! Dann wären sie vor Lachen wahrscheinlich gar nicht mehr in der Lage gewesen, das Konzert zu spielen!

Aber jetzt! Jetzt musste er auf die Bühne! Da würde ihn das ganze Dorf sehen! Alle Verwandten, Freunde, Nachbarn. Und sobald er die Bühne betreten hatte, saß er buchstäblich auf dem Präsentierteller – eineinhalb Stunden lang im Dirndl, das die Tracht der Mädchen des Musikvereins war, mit Schürze, in Nylonstrümpfen und Schuhen, deren Absatzhöhe schon allein bewirken würde, dass ihnen der Atem stockte! Und Marita, die maßgeblich beteiligt gewesen war an seiner Verwandlung von einem männlichen Posaunisten in eine Dirndl-tragende Posaunist*in*, hatte ihm nicht nur ein zartes Kettchen um eines seiner Handgelenke gelegt, sondern auch noch eines um das Fußgelenk – genau in Augenhöhe des Publikums, wie sie süffisant lächelnd betont hatte. *Das* würde ins Auge fallen, hatte sie ihm prophezeit, vor allem im Zusammenhang mit diesen atemberaubenden Schuhen; das Kettchen würde jeden wissen lassen, dass sich die Verwandlung nicht auf die allen sichtbare *Ober*bekleidung beschränkt hatte, dass vielmehr *drunter* auch noch „etwas Leckeres" zu vermuten war! Der ehemalige ‚Stefan' war auch *drunter* nun ein ‚richtiges Mädchen' – jedenfalls bis auf das eine Detail, das nicht zu ändern gewesen, aber gut versteckt war!

Unruhig trat er von einem Fuß auf den anderen, während er in dem engen Gang vor der Bühne wartete, dass sich die Tür öffnete und die Musiker ihre Plätze einnehmen konnten. Dabei hörte er wieder, wie die Absätze seiner Schuhe auf dem harten Steinboden ein höchst charakteristisches Geräusch machten. Ein Klacken, das jeder Mann, der es hörte, und vermutlich auch die meisten Frauen instinktiv mit der Verheißung auf eine attraktive Frau verband, die mit diesem ‚Klopfzeichen' unmissverständliche Signale aussandte.

Er spürte einen Luftzug über seine Brust streichen. Richtig: sie war zum Teil nackt, weil er heute nicht, wie gewöhnlich, ein bis oben zugeknöpftes Hemd trug, sondern eine Dirndl-Bluse mit weitem Ausschnitt. Er hatte ein Dekolletee! Sogar eine kleine Ritze hatten sie in den Ausschnitt gezaubert, indem sie die Haut über seiner Brust zusammengeschoben und mit Klebeband fixiert hatten: unter seinem BH – er trug einen BH! Stefan wurde wieder einmal rot vor Scham – war ein breiter Klebestreifen um seine Brust gezogen, der die Haut zusammenzog. Und knapp oberhalb der Ritze, die auf diese Weise in dem Ausschnitt seiner Dirndl-Bluse entstanden war, lag, an einer zarten Kette hängend, ausgerechnet ein kleines, silbernes Herz. Klein und zart war es „wie bei einem zarten Mädchen", so Maritas Worte – wenigstens stand nicht noch „Love" darauf oder ähnlicher Mädchenkram.

All dies war nicht *seine* Wahl gewesen. Nachdem klar gewesen war, dass er die Wette tatsächlich verloren hatte und sie von ihm eingelöst werden musste, hatten sich gleich vier Musikerinnen gemeldet, die ihn entsprechend herrichten wollten: mit dem Dirndl und mit allem, was sonst noch dazugehörte, wenn ein Mädchen oder eine Frau sich für einen Auftritt des Musikvereins ausstattete. Und offenbar hatten sie beschlossen, ihn nicht etwa, wie häufig in vergleichbaren Situationen, als lächerlichen Kerl in Frauenkleidern auf die Bühne zu lassen. Sie hatten ihre Aufgabe überraschend ernst genommen, *so* ernst, dass sie wirklich kein Detail ausgelassen hatten, selbst wenn es um Bereiche an seinem Körper ging, von denen unter normalen Umständen absolut nichts zu sehen war.

So hatten sie ihn, um die Sache wirklich perfekt zu machen, nicht nur am ganzen Körper rasiert und eingecremt, seine Fußnägel geschnitten und lackiert und ein zierliches Tattoo auf den unteren Teil seines Bauchs geklebt, sie hatten ihn auch mit dieser Langhaar-Perücke ausgestattet, die ziemlich teuer gewesen sein musste, da sie offensichtlich aus Echthaaren bestand; sie hatten ihn wunderschön frisiert mit einer Frisur aus einem langen, geflochtenen Zopf, wie junge, attraktive, etwas romantisch angehauchte Mädchen sie gelegentlich tragen, hatten ihm – sein Protest war wirkungslos verhallt – Ohrlöcher gestochen und ihn dann aufwändig geschminkt, so dass er kurzzeitig die Hoffnung gehabt hatte, schlichtweg von niemandem erkannt zu werden. Vielleicht glaubte der eine oder andere ganz einfach, dass es eine neue Posaunistin gäbe, die eben langes, blondes Haar hatte und ganz selbstverständlich das Vereins-Dirndl trug. Aber seit wenigen Minuten wusste er, dass die Nachricht von der wahren Identität der ‚Neuen' durchgesickert war und im Publikum längst die Runde gemacht hatte. Niemand würde da sein, der *nicht* wusste, wer unter dieser Perücke und in diesem Rock mit der traditionellen, roten Schürze steckte und wer so aufreizende Geräusche machte, während er in diesen atemberaubenden Schuhen über die Bühne stöckelte.

Wieder wechselte er den Fuß, verlagerte das Gewicht und spürte dabei, wie der in einem Seidenstrumpf steckende Oberschenkel am Stoff des Rocks entlangstrich – des *Unter*rocks, wohlgemerkt, denn auch hier waren die Mädels detailversessen gewesen: unter ein Dirndl gehöre ein unschuldig weißer, mit Rüschen und Häkelspitze versehener Unterrock, der, wie sie ausführlich erklärt hatten, so lang und so gut auf den Dirndl-Rock abgestimmt sein müsse, dass er hin und wieder, als wäre es nicht beabsichtigt gewesen, unter dem Rand des Rocks sichtbar wurde – beim Sitzen beispielsweise und selbstverständlich beim Tanzen, wenn der Herr seine Tanzpartnerin im Kreis herumschwang oder wenn sie sich so schnell um sich selbst drehte, dass der Rock hochflog; da war es dann der Unterrock, der sichtbar wurde, statt der nackten Beine oder gar – Gott bewahre! – des Höschens. Was sie allerdings nicht davon abgehalten hatte, auch auf einem spitzenbesetzten Strumpfhalter mit Strapsen und dazu passenden Nylonstrümpfen auf der glattrasierten, frisch gecremten Haut zu bestehen, mit breitem Spitzenrand. (Ob sie selbst auch soetwas trugen, fragte Stefan sich erst sehr viel später, als seine Verwirrung nachgelassen hatte und er seinen Verstand wieder einigermaßen gebrauchen konnte; allerdings wagte er dies stillschweigend zu bezweifeln. Musste man einer Frau nicht ansehen, wenn sie soetwas Heißes unter ihrem Rock trug? Und außerdem waren die meisten von ihnen viel zu bieder. Allerdings …) Und selbst beim Höschen waren sie zu keinem Kompromiss bereit gewesen; er hatte nicht eingesehen, warum er auch noch ein Damen-Höschen tragen sollte. Aber natürlich hatten sie sich durchgesetzt und schließlich sogar darauf geachtet, dass das Höschen farblich zum Strumpfhalter und zum Spitzenrand der Strümpfe passte. (Sie hatten ihm gedroht: wenn er nicht tue, was sie sagten, würde er am Ende auch noch eine Slipeinlage tragen müssen – eine feuchte, selbstverständlich! Dem war er glücklicherweise entgangen, allerdings nur, indem er das seidige Höschen anzog, das sie ihm gereicht hatten – wobei er zum ersten Mal unleugbare Erregung verspürte, als seine Haut in Berührung mit diesem Wäschestück kam. Weil auch sie dies offenbar gesehen hatten, hatten die Mädels ihm am Ende sogar noch ein ebenfalls besticktes, weißes Miederhöschen aufgenötigt, um zu verhindern, dass unter der Schürze eine Beule entstehen konnte, wo sie bei einem Mädchen eindeutig nicht hingehörte. – In der Folge hatte es ihm seltsamerweise geschienen, als ob sie ein wenig zu häufig den richtigen Sitz des Miederhöschens über dem spitzenbesetzten Seidenhöschen überprüft hatten.

Es ging noch immer nicht voran im Gang hinter der Bühne, sie standen weiterhin eng zusammengedrängt und warteten. Stefan wusste nicht, ob draußen noch jemand eine Rede hielt, immerhin war es ihr Jahresabschlusskonzert, oder was dort sonst noch vor sich ging, konnte also auch nicht einschätzen, wie lange sie hier noch würden stehen müssen.

Selbstverständlich war er wieder einmal der einzige, dem soetwas passierte. Bei der Wette war er zu hundertfünfzig Prozent überzeugt gewesen, Recht zu haben, und hatte sich leichtfertig dazu hinreißen lassen, den Wetteinsatz nicht schon vorher zu bestimmen und ihn außerdem vollständig dem Gewinner zu überlassen. Und als er dann zu seiner Bestürzung verloren hatte, waren sich seine drei Wett-Gegner schnell einig gewesen: ‚das Jahreskonzert im Dirndl spielen!' Erst hatte er an einen Scherz geglaubt, denn er hatte sich nicht erinnern können, dass es das schon jemals gegeben hätte. Dann hatte er verzweifelt versucht, sie umzustimmen, doch als sie immer rigoroser wurden und plötzlich auch BH, Seidenstrümpfe und Schuhe mit mindestens 10 Zentimeter hohen Absätzen obligatorisch waren, hatte er nicht weiter argumentiert.

Plötzlich spürte er, wie sich von hinten jemand an ihn herandrängte. Eine große Hand legte sich auf den seidigen Stoff des Rocks, der seinen Hintern bedeckte, und begann seine Pobacke zu kneten. Stefan versuchte abrupt, dem Griff zu entkommen, aber sie standen viel zu eng zusammengepfercht, als dass er sich von der Hand ausreichend hätte entfernen können. Zudem hatten sie alle ihre Instrumente und die Notenständer in den Händen, und direkt neben Stefan stand einer der Tubaisten mit seinem riesigen Gerät, an dem er nicht vorbeikam.

„Sei nicht so zickig, Stefanie", hörte er jemanden in sein Ohr flüstern. „Jedes Mädchen hat es gern, wenn man sich ein bisschen an seinen Kurven erfreut!" Und die Hand fuhr fort mit den Knet- und Streichelbewegungen, wobei sie sich unverkennbar immer mehr der unter den Röcken steckenden Poritze näherte.

Stefan drehte den Kopf und sah das Gesicht von Joachim, einem der Trompeter, dem größten Casanova des Musikvereins, dicht neben dem seinen. Er schien noch näher rücken zu wollen. Die Hand fuhr weiter über den Stoff des Rocks und immer weiter zwischen Stefans Beine, und während sie knetete und streichelte, schob sie den Stoff immer mehr nach oben.

„Hör auf damit!", zischte Stefan.

„Wie gut es doch ist, schöne Stefanie, dass ich genau weiß, dass Mädchen immer das Gegenteil von dem sagen, was sie meinen. Also …"

Und damit schob er den Rock samt Unterrock vollends so hoch, dass seine Hand nun zwischen die zusammengekniffenen Oberschenkel fahren konnte und weiter nach oben, bis sie das Miederhöschen erreicht hatte.

„Oh, was ist das?" Joachim schien wirklich überrascht. „Die haben dich aber gut verpackt!"

Und weil Stefan sich nun gänzlich und ein wenig
gewaltsam umdrehte, glitt die Hand ab und ließ den
Stoff wieder fallen.

„Das ist ja spannend", flüsterte der Trompeter. „Eigentlich hatte ich gedacht, du würdest *gar kein* Höschen
tragen, so heiß, wie sie dich hergerichtet haben. Oder
nur so ein kleines Dreieck, in das nichts Männliches
reinpasst. Aber so ist es natürlich interessanter. Da
werden wir nachher noch unseren Spaß haben, mach'
dich darauf gefasst! Du wirst uns nicht entkommen,
schöne Stefanie, auch wenn du noch so zickig bist! Die
anderen freuen sich auch schon drauf! Nach dem Konzert wird getanzt, du auch, du süßes, kleines Mädchen.
Du wirst tanzen, wie das alle Mädchen tun, die ein
Dirndl tragen und sich so schön herausgeputzt haben"
– damit nahm er einen der Ohrringe in seine Hand und
betrachtete ihn aufmerksam –, „um den Männern zu
gefallen und sie anzulocken. Und nach dem Tanzen
werden wir noch mehr Spaß mit dir haben, glaub's mir!
Aber vergiss nicht: das Höschen hier" – damit fuhr er
mit seiner großen Hand wieder über Stefans Hinterteil
und griff noch einmal beherzt zu – „das gehört mir!
Das bekomme nur ich, verstanden?"

In diesem Augenblick ging endlich die Tür zur Bühne auf und der Zug der Musikerinnen und Musiker
setzte sich langsam in Bewegung. Stefan bemühte sich,
in den hohen Schuhen einigermaßen sicher die Treppe
hinauf zu kommen, um nicht umzuknicken und zu
fallen oder sein Instrument loslassen zu müssen –
glücklicherweise hatte er in den vergangenen zwei
Tagen ausgiebig und unter äußerst kompetenter und

vor allem kompromissloser Anleitung das Gehen in High heels geübt.

Er war erleichtert, dem Trompeter entkommen zu sein, doch andererseits sah er nun die Tür und das gleißende Licht dahinter näherkommen und er hörte das Rauschen des gut gefüllten Zuschauerraums. ‚Wie eine Gladiatoren-Arena', dachte er. Nun gab es wirklich kein Zurück mehr! Er wurde immer nervöser. Panik stieg in ihm auf, während er unaufhaltsam auf die Tür zugeschoben wurde. Das Blut stieg ihm in den Kopf, es dröhnte in seinen Ohren. Gleich würden ihn alle sehen können! Alle würden ihn anstarren. Sie würden lachen und mit dem Finger auf ihn zeigen, vielleicht ihn sogar verspotten. ‚Guckt mal, da ist Stefan – im Dirndl! Mit einem Busen! Seht mal, er hat sogar Lippenstift drauf! Und sogar Ohrringe trägt er! Ich wusste gar nicht, dass er schwul ist!' Der Skandal wäre wahrscheinlich geringer gewesen, wenn er sich einfach nackt auf die Bühne gestellt hätte. Das wäre vielleicht auch nicht ganz so lächerlich gewesen wie das hier. Er meinte schon, das Wort ‚Schwuchtel' zu hören, das ganz sicher fallen würde.

Er fühlte sich, als würde er zur Schlachtbank geführt. Obwohl – nein: bei der Schlachtbank ist es irgendwann vorbei. Das Beil fällt und – aus! Aber hier! Es würde Stunden dauern! Er fühlte sich eher, als wäre er Teil eines großen Opferrituals, bei dem all diese Menschen, nachdem sie von Musik und Alkohol in Ekstase versetzt worden sind, ein Menschenopfer bringen, eine Jungfrau aus ihren Reihen abschlachten, ein unschuldiges, unbeflecktes Mädchen, das in ihrem Leben noch niemals jemandem etwas zuleide getan hat. Und diese Jungfrau, die geopfert werden sollte – war er! Und die

Art und Weise, wie dieses Opfer vollzogen wurde, war einfach, aber äußerst beschämend: die Jungfrau würde totgefickt werden. Vor aller Augen würde sie entblößt werden, man würde ihr die Kleider vom Leib reißen, den makellosen Körper aller Hüllen berauben und ihn den gierigen, sabbernden, schwitzenden Männern vorwerfen. Und unter Beteiligung aller Anwesenden würde jeder von ihnen seinen steifen, vor Geilheit glänzenden, harten Schwanz in seiner Ekstase so gewaltsam wie möglich in sie hineinrammen und sie ficken, bis ihre Schreie in ein Wimmern, dann in ein Röcheln übergehen und schließlich ganz verstummen würden, während sie besudelt mit dem Unflat des Rituals am Boden liegen würde. Und alle, die jetzt dort unten vor dieser Bühne saßen, so kam es Stefan vor, wussten, dass ihm dies bevorstand, und sie würden ihn angaffen und erschauern angesichts der Vorstellung dessen, was gleich folgen würde.

Die Tür rückte näher. Er hörte seine Absätze nicht mehr, aber er spürte die unnatürliche Haltung, in die sie seine Füße und mit ihnen den ganzen Körper hineinzwangen. Er konnte nur kleine, gezierte Schritte machen, um nicht das Gleichgewicht zu verlieren, ging praktisch nur auf den Zehenspitzen und stellte sich vor, dass sein geschnürter Körper dabei *sehr* weiblich aussah – eben wie jene Jungfrau, der nun das Opferritual bevorstand …

Irgendwann hatte er die Tür erreicht. Noch zwei Schritte hinter dem zur Seite gerückten Vorhang, dann wurde er von den Nachfolgenden in den offenen Bühnenraum geschoben, mitten ins gleißende Licht der Scheinwerfer, das ihn wie ein Strahl heißer Luft überflutete. Wie betäubt ging er unsicher zu seinem Platz beinahe in der Mitte der Bühne.

Es war ihm, als würde es für einen Augenblick stiller im Saal, als blieb ihnen der Atem stocken. Dann brandete das Geräusch der vielen Stimmen wieder auf und Stefan hörte vereinzeltes Gelächter. Er setzte sich auf seinen Stuhl, stellte die Posaune in den Instrumentenständer, musste kurz noch einmal aufstehen, um – Gipfel der Peinlichkeit! – den Rock und die Schürze glattzuziehen, rückte dann den Notenständer zurecht und ordnete die Noten in der Mappe. Die ganze Zeit über versuchte er sich auf diese einfachen Handgriffe zu konzentrieren und nicht darauf zu achten, was im Publikum geschah. Dennoch bekam er mit, dass es viel Gelächter im Raum gab. Selbstverständlich konnte er nicht wissen, ob sie über *ihn* lachten oder einfach nur gut gelaunt waren. In den Dörfern dieser Gegend wurde gern und viel getrunken. Und vielleicht wussten es ja doch nicht alle, versuchte er sich einzureden. Vielleicht hatten sie ihn und den Skandal, der an ihm hing, noch gar nicht mitbekommen.

Als er alles gerichtet hatte, schaute er instinktiv für einen Augenblick auf – und sah unvermittelt in das Gesicht seiner alten Tante, die ihn mit großen Augen direkt ansah. Entgeistert? Schockiert? Er traute sich nicht, länger hinzusehen – sonst hätte er unter Umständen bemerken können, dass sie wohlwollend zu lächeln begann. Sie hatte einige Zeit gebraucht, um ihn zu erkennen. Doch dann hatte sie ihn mit aller weiblichen Professionalität gemustert, die eine langjährige Tracht-Trägerin auszeichnete – und für gut befunden, was sie sah! (Bis auf die eindeutig zu hohen Schuhe allerdings; es blieb ihr ein Rätsel, wer auf die absurde

Idee gekommen war, zum Dirndl *so hohe* Schuhe auszusuchen. Obwohl – elegant waren sie, das stand außer Frage. Und mit seinen Beinen, konnte er sich die hohen Absätze durchaus leisten.)

Stefan rutschte ungeduldig auf seinem Stuhl hin und her, nahm die Posaune vom Ständer, blies einmal kurz Luft hindurch, öffnete mit seinen auffällig manikürten Fingern das Wasserventil und ließ einen Tropfen auf den Boden fallen, stellte sie wieder ab. Wäre es doch endlich losgegangen! Aber noch wartete der Dirigent hinter der Bühne ab.

Noch einmal schaute Stefan auf und sah hinten im Zuschauerraum eine Gruppe von Männern – das Kaliber des Trompeten-Casanovas –, die ihn ganz eindeutig anstarrten. Dabei grinsten sie anzüglich und als einer von ihnen bemerkte, dass Stefan in seine Richtung schaute, machte er sogar eine entsprechende, unverkennbare Handbewegung.

Stefan musste an die Worte des Trompeters denken. Sie wollten ihren Spaß mit der ‚schönen Stefanie‘ haben! Sie wollten mit ihm tanzen! Und wer weiß, was sie noch vorhatten! Angst stieg in ihm auf, Angst und Scham. Aber er dachte auch: Nur weil er ein Dirndl trug, sollte er machen, was *sie* wollten? Sollte mit Männern tanzen, ob er wollte oder nicht? Und dann? „Nach dem Tanzen werden wir noch mehr Spaß mit dir haben", hatte der Trompeter gesagt, und spätestens der Hinweis auf sein Höschen machte klar, welche Art von Spaß er sich dabei vorstellte.

Plötzlich bemerkte er, dass sie mit dem Finger auf ihn zeigten, noch mehr obszöne Gesten machten und sich vor Lachen auf die Schenkel schlugen. Aber sie zeigten nicht etwa auf sein Gesicht oder seinen Oberkörper! Er sah an sich herab – und augenblicklich schoss ihm das Blut erneut in den Kopf! Er saß breitbeinig da, wie er gewöhnlich dasaß, wenn er Posaune spielte und einen festen Halt brauchte. Aber jetzt gewährte er auf diese Weise einen freizügigen Blick – direkt unter seinen Rock! Wahrscheinlich konnten sie sowohl den Spitzenrand seiner Strümpfe als auch das bestickte Miederhöschen sehen und hatten ganz augenscheinlich ihre Freude daran.

Schnell schloss Stefan die Knie und stellte die Füße züchtig so nebeneinander, dass die Knie wie von selbst zusammenstießen. Dann zupfte er am Rock herum und breitete anschließend die Schürze so über seinen Knien aus, dass sie nach vorne etwas herunterhing. Ob weit genug, wusste er nicht. Er saß so ungünstig, dass wahrscheinlich immer irgendwer im Zuschauerraum irgendwie unter seinen Rock sehen konnte. Es blieb ihm nichts übrig, als die Knie konsequent zusammenzudrücken.

Die Horde der Casanovas hatte ihren Spaß schon gehabt. Sie amüsierten sich auch weiterhin köstlich, das war ihnen anzusehen und anzuhören. Das Kind war in den Brunnen gefallen und war längst ganz unten angekommen. Stefan konnte nur darauf hoffen, dass sie es irgendwann wieder vergessen würden. Obwohl – sie waren auf dem Dorf. Das war bereits in den ersten fünf Minuten so viel Stoff, um ihn am Stammtisch breitzutreten, wie sie sonst bei einem gesamten Dorfabend nicht zusammenbrachten.

Irgendwann wurde es endlich dunkler im Saal. Stefan saß direkt an dem Gang, an dem der Dirigent entlanggehen musste, um an sein Dirigentenpult zu gelangen. Zufällig schaute er gerade in die Richtung, als dieser die Bühne betrat – und bemerkte, dass er ihn, Stefan, von seinem ersten Schritt an, den er auf der Bühne tat, im Blick hatte. Er schaute erst überrascht – wusste er nichts von der Wette? –, schien ihn dann erst wiederzuerkennen, und als er direkt an ihm vorbeiging, lächelte er und streifte wie zufällig leicht seinen Oberarm.

Stefan verstand nicht, ob er ihm auf diese Weise etwas sagen wollte und wenn was. Das Lächeln – war das eher wohlwollend oder eher amüsiert, gar spöttisch? War es nicht doch eher ein hämisches Grinsen? Wenigstens schien er nicht verärgert zu sein. Und wenn Stefan nicht gerade einen Rock trug, mochten die beiden sich eigentlich recht gern.

Nach wenigen Augenblicken der Sammlung begann das Konzert. Es fiel Stefan nicht leicht, sich zu konzentrieren. Alles fühlte sich so anders an. Der Schnitt und die Stoffe dieser Kleidungsstücke waren ganz anders als alles, was er kannte. Er fühlte viel mehr von seinem Körper, und die Konzentration darauf, die Knie immer schön eng beieinander zu halten, beanspruchte einen nicht unerheblichen Teil seiner Aufmerksamkeit. Glückicherweise war er am Instrument souverän genug, um keine größeren Fehler zu machen.

Bis zur Pause ging alles verhältnismäßig glatt. Die komplexeren, schwierigeren Stücke des Programms waren gespielt und Stefan hatte sich zumindest keinen spektakulären Patzer geleistet.

Nach dem Applaus verließ das Orchester die Bühne, um sich unter das Publikum zu mischen. Stefan wollte gern im Probenraum bleiben, in dem sie während der Pause gewöhnlich ihre Instrumente ablegten. Doch er war schnell umringt von einer Reihe von weiblichen Mitgliedern des Musikvereins. Sie trugen alle das gleiche Dirndl wie er. Ihre Tracht bestand vor allem aus einem roten Rock, einem blauen Mieder, der weißen Dirndl-Bluse und einer leuchtend roten Schürze. Sie sah gut aus und die Mädchen hatten Stefan schon immer sehr gefallen, wenn sie diese Kleider trugen. Zum Anbeißen! Regelmäßig hatte er sich in mindestens eine von ihnen verliebt (was meist schnell abgeflaut war, sobald sie wieder in Alltagskleidung herumlief).

Nun aber trug er selbst ein solches Kleid! Und er stand mitten in einem Pulk von Mädchen und unterschied sich in Bezug auf das Dirndl und viele andere, höchst unmännliche Details nicht von ihnen!

Einige der Mädchen wollten mehr von ihm wissen. Woher zum Beispiel seine Halskette mit dem Herz-Anhänger sei. Wem die Perücke gehöre. Wer auf die Idee mit den hohen Schuhen gekommen sei. Ob er vorher schon einmal solche Kleidung getragen habe. Irgendwann kam sogar die Frage nach dem ‚drunter' auf – sie wurde so gestellt, dass er nur zu nicken brauchte, aber es war ihnen anzusehen, dass sie eigentlich gern mehr darüber gewusst hätten. Frauen schienen sich ungeniert auch über ihre Unterwäsche auszutauschen! Stefan war konsterniert.

Andererseits tat ihm dieses sozusagen professionelle Interesse gut, denn es schien ihm, als freuten sich die Mädchen, dass er sich so viel Mühe gegeben hatte, statt nur den üblichen Klamauk mit einer schlechten Travestie abzuliefern. Schließlich fiel ein Satz, mit dem er tatsächlich niemals gerechnet hätte. Es war Tanja, die erste Querflöte, die er immer schon gemocht hatte – sie saß in den Proben schräg vor ihm und er hatte sie stets gut im Blick. Sie sagte das Unfassbare: „Ich weiß nicht, was ihr wollt: Ich finde, das sieht richtig gut aus. Niemand würde doch vermuten, dass das *kein* Mädchen ist. Ganz im Gegenteil: ich finde sogar, dass das ein ziemlich hübsches Mädchen ist. *Sehr* hübsch sogar. Seht mal diese schönen, roten Lippen!"

„Und die schönen Augen mit Lidstrich und Lidschatten!", fiel ein anderes Mädchen ein. „Und die Augenbrauen – habt ihr die gezupft?"

Mareike, die zu jenen Frauen gehörte, die Stefan hergerichtet hatten, nickte. „Aber nur ein ganz klein wenig. Er hat sich gewehrt …"

„Sieht super aus! Die Taille könnte man vielleicht noch schnüren, dann würde sie noch etwas enger. Aber auch so ist sie ja schon recht schmal. Und manche Mädchen wären ganz bestimmt glücklich, wenn sie solche Beine hätten!"

Alle starrten plötzlich auf Stefans Beine. Der beugte sich etwas vor und drückte den Rock leicht an sich, um selbst auch etwas sehen zu können – und fand plötzlich diese Geste so *unglaublich* weiblich, dass er sich schnell wieder aufrichtete. Dabei begegnete sein Blick dem von Tanja, die ihn verschmitzt anlächelte, als hätte sie genau die gleiche Beobachtung gemacht.

„So, kommt jetzt!", schaltete sich Monika, die im Orchester Waldhorn spielte, ein. „Wenn ihr weiter so trödelt, ist die Pause gleich vorbei, und die warten oben doch auf uns."

Alle schienen ihrer Meinung zu sein und setzten sich in Richtung der Tür in Bewegung, um in den Zuschauerraum zu gehen. Stefan blieb stehen. Das letzte, was er wollte, war, sich in diesem Aufzug unter den Zuschauern blicken zu lassen – unter seinen Verwandten und Freunden und der Truppe um den Trompeter.

Tanja beobachtete ihn. „Willst du nicht mitkommen?"

„Ach", Stefan wusste nicht, was er sagen sollte, „ich … nein, ich bleibe lieber hier."

„Warum?"

„Na …" Er machte eine hilflose Geste und deutete auf sein Kleid.

„Du willst nicht, dass sie über dich lachen?"

Stefan nickte.

„Quatsch!", sagte Tanja und nahm ihn am Arm. „Erstens siehst du wirklich umwerfend aus! Da ist überhaupt nichts Lächerliches an deinem Aussehen und es muss dir ganz bestimmt nicht peinlich sein. Und zweitens: wer über dich lacht, der weiß nicht, welchen Mut du aufbringst, dich so hier zu zeigen. Selbst wenn dein Outfit wirklich perfekt ist. Und schließlich: wann hast du schon mal die Chance, im Kleid auf eine Party zu gehen?! Das solltest du ausnutzen! Du wirst sehen: das wird heiß!"

„Vielleicht ein bisschen *zu* heiß", versuchte Stefan abzuwehren.

„Warum?", fragte Tanja zurück. „Wir sind doch alle da. Wenn einer sich traut, dich anzumachen oder über dich zu lachen, dann wird er schon sehen, was er davon hat."

„Aber …" Stefan versuchte noch immer, sich zu wehren.

„Kein ‚aber'! Die haben sich solche Mühe mit dir gegeben und du siehst wirklich wie ein richtiges Mädchen aus! Glaub' mir! Wenn man nicht weiß, dass Du kein Mädchen bist, kommt man sicher nicht drauf. Da kannst du nicht einfach hier sitzenbleiben, als wenn du zu feige wärst oder dich in deine Schmollecke verkriechst. Oder bist du das? Bist du feige?" Tanja blieb stehen und sah ihn an.

„Das … das hat doch nichts mit Feigheit zu tun. Das ist … Ich weiß nicht, was passieren wird! So häufig, wie mir heute schon an den Hintern gegrabscht worden ist …"

„Ach, das!" Tanja winkte ab. „Das ist eben so, wenn man ein Dirndl trägt. Daraus darfst du dir nichts machen. Das ist wie ein Reflex bei den Männern."

„Aber …"

„Ach komm, sei kein Spielverderber!" Sie nahm ihn wieder am Arm und hakte sich bei ihm unter. „Jetzt, wo du einmal so wunderschön aussiehst! Und außerdem sind da eine ganze Reihe von Leuten, die dich wirklich gern von Nahem sehen möchten. Genau so, wie du jetzt bist! Bei denen hast du bestimmt nichts zu befürchten, glaub' mir. Eher im Gegenteil! Und mir" – damit rückte sie ihm noch etwas näher – „gefällst du so sowieso viel besser als in Hosen, mit deinem Bürsten-Haarschnitt und ohne Makeup!" Sie lachte schallend.

Bei all der Verwirrung wurde es Stefan bei diesen Worten warm um's Herz. Tanja sah eigentlich immer umwerfend aus. Aber im Dirndl hatte sie noch dazu einen Ausschnitt, der Männeraugen wie magisch anzog und der wie geschaffen zu sein schien für ein Dirndl!

Und auch wenn sie geschminkt waren: Stefans Augen waren doch auch Männeraugen.

Die Abordnung

Tanja steuerte wieder zielstrebig auf die Tür zu und zog Stefan mit sich. Ehe er sich's versah, betrat er schon den Saal. Aber er kam gar nicht dazu, sich umzuschauen und die Reaktionen zu beobachten, denn Tanja zog ihn zügig hinter sich her durch den Gang zwischen den Tischen hindurch. Die Schuhe ließen keine großen Schritte zu, so dass Stefan bei der Geschwindigkeit, die Tanja vorlegte, mehr trippeln musste, als richtige Schritte machen zu können.

Der Lärm in der Halle kam ihm ohrenbetäubend vor und selbstverständlich ging er davon aus, dass er noch lauter wurde, als *er* den Saal betrat. Überall hörte er Gelächter und jedesmal glaubte er, dass *er* es war, über den gelacht wurde. Aber Tanja ließ seine Hand nicht los und zog ihn unaufhaltsam weiter, ohne auf Blicke und Zurufe zu reagieren.

Bis sie dann doch gestoppt wurden, als sie an einem der mittleren Tische vorbei wollten. Ein Teil des Vorstands des Musikvereins saß dort und bei ihm der Ortsvorsteher ihres Dorfs und einige Gäste, die Stefan nicht kannte.

Der Ortsvorsteher hatte sich erhoben und fasste Tanja an der Hand. Er wandte sich an einen der Gäste, einen älteren Herrn mit vollem, grauen Haar und buschigen Augenbrauen, unter denen kleine Augen lebhaft hervorfunkelten. Irgendetwas wurde geredet, aber Stefan konnte wegen der Lautstärke im Saal nicht verstehen, was es war. Der Ortsvorsteher deutete auf Tanja und sagte etwas, doch plötzlich nahm der ältere Herr nicht etwa Tanjas, sondern Stefans Hand, rückte auf seinem Stuhl zurück und zog ihn an sich, so dass Stefan sich unversehens – auf seinem Schoß wiederfand!

„Was ihr hier habt süße Mädchen!", war das erste, das Stefan verstehen konnte. Zugleich nahm er einen unmissverständlichen Wink des Ortsvorstehers wahr, der ihn unauffällig, aber dringlich anwies, sich nicht zu wehren.

Nun war der ältere Herr so alt und so liebenswürdig, dass man ihm Vieles durchgehen ließ, was eine Frau bei einem jüngeren Mann sicher als Belästigung empfunden hätte. Und während Stefan im Dirndl auf seinem Schoß saß, durch den seidigen Stoff des Rocks die knochigen Beine des alten Mannes spürte und sich von ihm am Rücken und manchmal auch auf seinem nackten – selbstverständlich eigens enthaarten und eingecremten – Arm streicheln ließ, begann dieser zu erzählen. Stefan verstand: Er war der Leiter jener Abordnung aus einem Partnerdorf in Tschechien, die für einige Tage hier zu Gast war. Unmittelbar nach dem Konzert würden sie sich wieder in ihren Bus setzen und über Nacht nach Hause fahren. Es war der erste Besuch dieser Art, denn die Partnerschaft zwischen den Dörfern war erst kürzlich zustande gekommen. Man kannte sich noch nicht richtig, die Beziehungen mussten erst aufgebaut werden. Dass der alte Mann, der einer der Honoratioren des Partnerdorfs sein musste, nun ausgerechnet Stefan statt eines wirklichen ‚süßen Mädchens' zu sich auf den Schoß gesetzt hatte, war eine Peinlichkeit, die der Mann jedoch nicht zu bemerken schien. Und ganz offensichtlich wollte der Ortsvorsteher auch nicht, dass er es bemerkte. Das wäre dann sicher nicht nur Stefan unangenehm gewesen.

Immerhin: es war eine lustige Runde. Schnell waren auch für die beiden ‚süßen Mädchen' Weingläser gefüllt, es wurde angestoßen und dann erzählte wieder der tschechische Gast, und nicht nur wegen seines sympathischen Akzents hörte man ihm gern zu. Stefan schien der Einzige zu sein, der sich unwohl fühlte. Er rechnete jeden Augenblick damit, dass der alte Mann etwas merkte oder dass ihn jemand auf das Missverständnis aufmerksam machte. Denn alle anderen schienen Bescheid zu wissen. Stefan spürte viele amüsierte Blicke auf sich, auch ernste, missbilligende, und unter den Gästen sogar irgendwie gierige.

Man kam auch auf die Musik zu sprechen. Dem alten Mann hatte das Konzert bisher sehr gefallen. Doch er hatte einen Wunsch:

„Spielt ihr auch *Jehlička*? Lieblingspolka! *Jehlička* – spielt ihr?" Damit wandte er sich direkt an Stefan. *„Jehlička?"*

Stefan nickte mit dem Kopf, sagte: „Spielen wir", aber er merkte, dass der Mann in dem allgemeinen Lärm seine leise Stimme nicht verstanden hatte, denn er neigte seinen Kopf zu ihm, so dass sein Ohr fast Stefans Mund berührte. Offenbar wollte er, dass Stefan wiederholte, was er gesagt hatte. Dabei starrte er direkt in Stefans Dekolletee. „Spielen wir!", sagte dieser deshalb deutlich lauter. Daraufhin strahlte der alte Mann ihn an, fasste das vermeintliche Mädchen um die durch das Mieder recht schlanke Taille, zog es noch enger an sich heran und drückte ihm einen Kuss auf seine geschminkte Wange.

„Für mich – du: Jehlička!", verkündete er daraufhin und drückte ihn noch einmal. „Süße Jehlička!" Er lachte glücklich.

„Der Musikverein wird auch *Für meine Liebste* spielen", steuerte nun der Ortsvorsteher wenig geistreich bei, „einen böhmischen Walzer. Extra Ihnen zu Ehren!"

Der alte Mann verneigte sich vornehm, um seinen Dank auszudrücken, aber er ging nicht weiter auf diese Bemerkung ein.

In diesem Augenblick stand Tanja auf. „Bitte entschuldigen Sie, wir müssen noch eben an einem anderen Tisch vorbeischauen, bevor die Pause zu Ende ist. Kommst du, Steffi?"

Stefan fühlte sich erleichtert, endlich aufstehen und gehen zu können. Zugleich berührte ihn diese Anrede, dieser Kosename auf ganz seltsame Weise. „Steffi"! *Mehr* Mädchen ging nicht, fühlte er. Zugleich schuf dieser Name eine Vertrautheit, die es so nur unter Mädchen zu geben schien. Wieder war er verwirrt. Denn dieser Augenblick hatte einen ungewohnten, tiefgehenden Reiz für ihn. „Steffi" – das klang ganz so, als sei er die beste Freundin von Tanja. Und im Augenblick wollte er nichts lieber sein als das.

Andererseits wollte er nicht noch weiter in den Saal vordringen. Er hatte bereits bemerkt, wie viele Augenpaare auf die seltsame Szene gerichtet waren, wie er auf dem Schoß des alten Mannes saß und dieser sich in der Gegenwart des vermeintlichen ‚süßen Mädchens' ganz offensichtlich pudelwohl fühlte. Es wurde viel gelacht ringsum, und Stefan war sich absolut sicher, dass es diese Szene war, die den Gegenstand der allgemeinen Belustigung bildete: er im Dirndl mit einladendem Dekolletee auf dem Schoß des alten Mannes, der ihn ganz offensichtlich für eine knackige Frucht hielt, die er nur zu gern gepflückt hätte, und der das ‚Früchtchen' sogar geküsst hatte!

Tanja nahm ihn wieder an der Hand, als wenn dies zwischen ihnen als guten Freundinnen ganz selbstverständlich wäre, und zog ihn weiter durch die Tischreihen. Jetzt kamen zu den spöttischen auch ein paar neidische Blicke hinzu.

Mehrmals hörte Stefan seinen Namen und sah, dass Leute ihn an ihre Tische riefen, freundlich oder neugierig oder hämisch grinsend. Auch anzügliche Bemerkungen hörte er. Aber Tanja raunte nur: „Achte nicht auf sie!", und zog ihn weiter.

Dann erreichten sie den Tisch, den sie angestrebt hatte. Hier saßen überwiegend Musikerinnen des Musikvereins und ihre Freunde oder Ehemänner, dazwischen offensichtlich die jüngeren Angehörigen der Abordnung aus Tschechien, die hier die ersten Kontakte knüpften. Noch eine fröhliche Runde! Auch die Tschechen schienen gern zu feiern.

Tanja setzte sich auf den Schoß ihres Freunds. Stefan musste stehenbleiben, denn es war kein Stuhl mehr frei. Wieder einmal fühlte er sich wie auf dem Präsentierteller. Er kreuzte die Arme unter seinem ‚Busen', wie es es bei Mädchen gern sah. Tanja machte eine Bemerkung, die Stefan aufgrund der Lautstärke im Saal nicht verstand, und alle wandten ihm ihre Aufmerksamkeit zu. Von den Frauen sah er freundliche, sogar anerkennende Blicke. Von den Männern aus Tschechien stand einer auf und bot ihm galant seinen Stuhl an. Dankbar setzte Stefan sich und strich verlegen seine Schürze glatt.

Eine der Musikerinnen, Sandra, die erste Klarinette des Musikvereins, rief ihm über den allgemeinen Lärm hinweg zu: „Und wie ist es so im Kleid?"

Stefan war gewöhnlich schlagfertig, doch jetzt fühlte er sich gehandicapt.

„Luftig", rief er nach kurzem Zögern zurück und deutete auf seinen Ausschnitt. Eigentlich hatte er sagen wollen, dass es ungewohnt war, in dieser Weise ‚offen‘ herumzulaufen. Aber für eine Präzisierung war es einfach zu laut.

„Du wirst es lieben, wenn hier nachher die Luft dicker wird!", entgegnete Sandra und lächelte ihn an.

Stefan konnte sich zwar nicht vorstellen, dass er nachher *irgendetwas* lieben würde, aber er nickte trotzdem. Er fand es angenehm, sich zu unterhalten, statt dumm in die Gegend zu starren und all die Menschen zu sehen, die sich über ihn amüsierten. Zudem nahm Sandra ganz offensichtlich keinerlei Anstoß und wollte ihn auch wohl nicht ärgern. Ihre Frage war fast schon sachlich gewesen. Also bemühte er sich, das Gespräch in Gang zu halten.

Die Rede kam schnell auf den alten Mann. Einer der tschechischen Gäste, der Stefan schon die ganze Zeit fasziniert beobachtet hatte, neigte sich zu ihm herüber.

„Das unser Bürgermeister – gewesener. War früher. Höchst ehrbarer Mann. Sehr freundlich. Hat viel geschaffen in unserem Dorf. Großes Vorbild – großes Herz!"

„Vor allem für die Mädchen, offensichtlich", lachte Sandra.

„Das bei uns so", gab der Tscheche zurück und grinste. „Schöne Mädchen zum Küssen da!" Er sah Stefan an. „Was er zu dir gesagt?"

„Er hat mich Jehlička genannt."

Der Tscheche grinste wieder. „Das bei uns Name für schöne Frauen. *Sehr* schöne Frauen! Frauen sozusagen zum … wie sagt ihr?" Er blickte hilfesuchend in die Runde.

„Zum Anbeißen", schlug Sandra vor.

„Recht! Jehlička ist *sehr* schöne Frau zum Anbeißen!"

„Was er ja durchaus wörtlich zu nehmen schien."

Das Gesicht des Tschechen wurde auf einmal ernst. „Wie dein Name?"

Stefan öffnete schon den Mund, aber Tanja war schneller: „Stefanie. Aber ihre Freundinnen nennen sie Steffi."

„Aber …" Der Tscheche war offenbar irritiert, sah Stefan aufmerksam an und suchte nach den richtigen Worten. „Ist nicht richtiger Name, oder? Ich meine … entschuldigen, wenn Verwechslung, aber habe ich gehört, dass du nicht … ich meine, nicht *immer* Mädchen?"

Tanja lachte. „Das hast du ganz richtig gehört, Petr, das ist keine Verwechslung. Steffi ist nicht *immer* ein Mädchen. Aber heute ist sie eins. Und eins unserer schönsten!" Auch sie lachte und der Tscheche nickte.

„Jedenfalls!", pflichtete er bei. „Aber Problem." Er besann sich einen Augenblick, bevor er fortfuhr: „Alter Mann in anderer Welt geboren und großgeworden. Andere Werte. Verstehen? Wenn hört, dass er hat … ich meine, dass er hat geküsst nicht-immer-Mädchen – große Schande!"

„Große Schande?"

„Große Schande! Er dann sehr betrübt."

Alle nickten verständnisvoll.

„Auch wenn Steffi wirklich zum Anbeißen!" Petr grinste wieder. Und er beugte sich vor, nahm Stefans Hand und drückte ritterlich einen Kuss darauf.

„Aha," kommentierte Sandra, „du bist ganz offensichtlich mit anderen Werten groß geworden als der alte Mann, oder?"

Petr nickte selbstzufrieden. „Allerdings. Für uns heißt: Was zum Anbeißen – musst du küssen! Verpasste Chance nicht wiederkommen! Leben zu kurz!"

Dann wandte er sich an Stefan. „Aber, Steffi – ich darf doch sagen so? – Also: Du aufpassen! Alter Mann darf nicht erfahren. Wäre sehr schlimm für ihn!"

Stefan nickte. „Von mir erfährt er sicher nichts!" Außerdem hätte er auch gar nicht gewusst, wann, schließlich wollten die Gäste unmittelbar nach dem Konzert ihren Bus besteigen und gleich losfahren. Bis dahin würde sich sicher keine Gelegenheit mehr ergeben.

In diesem Augenblick erklang das Zeichen, das das Ende der Pause ankündigte. Alle Musikerinnen und Musiker erhoben sich und eilten in den Probenraum, um ihre Instrumente zu holen. Dann versammelten sie sich wieder in dem schmalen Gang vor der Tür zur Bühne.

Stefan fühlte sich noch immer unsicher, das Gefühl der Peinlichkeit war längst nicht weg. Aber Tanjas Begleitung, Sandras sympathische Anteilnahme und die unspektakuläre Art, mit der die anderen, vor allem die Mädchen, mit seiner Situation umgegangen waren, hatte ihn zumindest ein wenig beruhigt und ermutigt. Er war weit davon entfernt, es als normal zu empfinden, dass er in einem Kleid, mit BH, lackierten Fingernägeln und Schmuck an Armen, Händen und Ohren hier herumlief, aber einerseits war alles, was *unter* dem Kleid war – die Strapse, die Strümpfe mit den Spitzenrändern, die spitzenbesetzte Unterwäsche –, von außen nicht sichtbar, und andererseits wusste er bereits, wie es war, in diesem Kleid die Bühne zu betreten. Und inzwischen sahen ihn nicht mehr ganz so viele seiner Musikerkollegen an wie die zum Opfer bestimmte Jungfrau, die zum Altar geführt wird. Einige hatten sich offenbar sattgesehen, andere ihn sogar angelächelt, wieder andere schienen sich schlichtweg an den Anblick gewöhnt zu haben.

Mit Ausnahme des Trompeters und seiner Kumpane natürlich, die sich während der ganzen Pause über möglichst in seiner Nähe gehalten und sich lautstark über ihn amüsiert hatten, bis ein alter Bauer aus dem Dorf aufgestanden war und ihnen auf seinem Weg zum Weinbrunnen seine Meinung über ein so ‚ungezogenes Verhalten' unmissverständlich deutlich gemacht hatte. Daraufhin hatten sie zumindest nicht mehr so lautstark ihre Wünsche und Erwartungen bezüglich der Unterwäsche der „süßen Steffi" kundgetan.

Ungeachtet dessen stand der Trompeter im Gang plötzlich wieder hinter ihm. Stefan bemerkte ihn, als er die große Hand erneut auf seinem Hintern fühlte.

„Und?", hörte er ihn wieder in sein Ohr flüstern, „hast du dein Höschen noch?"

Die Hand an der von den anderen Musikern abgewandten Seite glitt hinab und fuhr zwischen Stefans Beine; der kniff augenblicklich seine Oberschenkel zusammen, aber es war schon zu spät.

„Ich meine, nach deinem wilden Flirt mit dem Opa kann man sich da ja nicht so sicher sein, nicht wahr? Ich hoffe, du machst dir keine Hoffnungen: der Opa wird dich nicht beschützen können. Gleich bist du Freiwild! Der Opa geht ins Bett und wir wollen unbedingt sehen, was du drunter trägst! Ich meine" – die Hand rieb über die Innenseiten von Stefans Ober-

schenkeln und fand die Spitzenränder der Stay ups –
„das hier ist ja schon mal verheißungsvoll! Aber das
wird mit Sicherheit nicht alles sein, was ein so aufge-
motztes Mädchen ‚drunter' zu bieten hat, oder?"

Stefan versuchte sich wegzudrehen, doch der Trompeter war kräftiger als er und hielt ihn fest. Seine
Stimme schien plötzlich ernster zu sein.

„Das ist doch wie eine offene Einladung, oder nicht?
Warum sonst ziehst du soetwas an? Sowas ziehen nur
Mädchen an, die gevögelt werden wollen. Wusstest du
das nicht? Frauen, die solche Sachen anziehen, wollen
gevögelt werden, bis sie umfallen! Altes chinesisches
Sprichwort! Nie gehört?"

Er versuchte, mit der Hand Stefans Höschen zu er-
tasten, aber Stefan gelang es, sich so zu drehen, dass
die Hand abglitt.

„Keine Sorge, meine Süße, nachher haben wir Zeit
genug. Da werden wir alle offenen Fragen klären,
glaub's mir! Und jeder wird zu seinem Recht kommen"
– sein Mund kam noch näher an Stefans Ohr heran und
seine Stimme klang nun nicht mehr ernst, sondern
drohend – „vielleicht mit Ausnahme von dir." Er lachte. „Aber Kollateralschäden gibt's bekanntlich immer,
nicht? Und was zählt schon die Meinung von einer
Tunte!"

Er lachte noch einmal, dann setzte sich die Reihe der
Musiker in Bewegung und er ließ von Stefan ab.

Hätte es am anderen Ende der Bühne eine weitere
Tür gegeben, wäre Stefan dort sofort wieder ver-
schwunden. Nun hatte er richtig Angst. Der Trompeter
genoss den Ruf eines Halbkriminellen, für den nur das
Recht des Stärkeren galt. Für diese Einstellung hatte er,
so wurde gemunkelt, schon einmal im Gefängnis ge-

sessen, aber zur Besserung hatte dieser Aufenthalt nicht eben beigetragen. Nun grinste er Stefan an, wann immer dieser in seine Richtung schaute.

Sobald Stefan wieder an seinem Platz saß und Instrument und Noten gerichtet hatte, schlug er daher die Augen nieder, um nicht noch einmal seinem Blick zu begegnen. Einmal schaute er kurz ins Publikum und direkt in das strahlende Lächeln des alten Bürgermeisters, der ihm zuwinkte. Stefan konnte nicht anders, als vorsichtig zurückzuwinken, doch dann schaute er nur noch vor sich auf die Noten. Er hörte es aus der Ecke des Trompeters lachen, fühlte zugleich den Stoff des Rocks auf den Seidenstrümpfen an seinen Beinen, seine Füße in der ungewöhnlichen Haltung, die die Schuhe mit den hohen Absätzen ihnen aufzwangen, und das Mieder, das sich eng um seine Taille legte und den falschen ‚Busen‘ nach oben drückte; er spürte den Lufthauch, der ihm über das Dekolletee strich und ihn an das silberne Herz denken ließ, das dort an einer zarten Kette hing – er schaute hinunter, berührte es mit der Hand: es war wirklich da! All dies geschah wirklich! Er bemerkte, wie das schulterlange Haar der Perücke durch den Windhauch, der durch den Raum ging, in leichte Bewegung geriet. Und er sah seine lackierten Fingernägel und spürte die zarten Ohrgehänge an seinen Ohren baumeln – dabei fühlte er neben der Angst wieder die Scham. Seine Hände mit den roten, kunstvoll in Form gefeilten Fingernägeln, den beiden Fingerringen, der Damenuhr und dem zarten Armband an seinem rechten Handgelenk sahen fremd aus, wirklich wie Mädchenhände, also nicht wie seine eigenen, denn dass er so überzeugend wie ein Mädchen aussah, wie die anderen es behaupteten, konnte er nicht glauben. In seinen Augen musste der Stefan unter der Maske, den er die ganze Zeit fühlte, jederzeit gut zu erkennen sein. Wenn das hier vorbei war, dachte er, würde er sich nie wieder im Dorf blicken lassen können. Wahrscheinlich würde der Trompeter nicht der einzige sein, der ihn als ‚Tunte' oder ‚Sissy' oder ‚Schwuchtel' bezeichnete, und er wollte gar nicht wissen, was während der Pause über ihn geredet worden war. Wer würde schon glauben, dass es sich um eine Wette gehandelt hatte, die er verloren hatte und er das hier nicht aus freiem Willen tat!

Schließlich begann der zweite Teil des Konzerts. Stefan spielte mechanisch und korrekt. Seine Gedanken blieben woanders. Während einer längeren Pause, die nur die Posaunen hatten, bemerkte er, dass die Schürze seines Kleids verrutscht war. Er fühlte den instinktiven Impuls, sie glattzustreichen – aber dann ließ er es; er traute sich nicht. Er war fest davon überzeugt, dass dies von hunderten von Augenpaaren beobachtet werden würde, und sie alle würden denken, dass dieses die-Schürze-Glattstreichen eine echte „Sissy-Geste" war. Genau so wie diese eiteitei-Gesten der Schwulen. Da ließ er die Schürze lieber leicht verrutscht liegen und kümmerte sich darum, dass er, während sie spielten, den nächsten Einsatz einigermaßen richtig erwischte.

Jehlička-Polka

Das Konzert schritt viel zu schnell voran – viel zu schnell, weil auf diese Weise das Ende nahte, das für ihn auch das Ende der Sicherheit bedeuten würde. Dann drohten ihm viele unangenehme Situationen. Stefan konnte sich kaum auf die Musik konzentrieren. Und dann standen nur noch die beiden Stücke an, die sie extra für ihre Gäste aus Böhmen in das Programm aufgenommen hatten: die Jehlička-Polka und der Walzer „Für meine Liebste".

Der Vorsitzende des Vorstands machte – „mit einem besonderen Gruß an unsere lieben Gäste" – die Ankündigung, und dann ging es los.

Jehlička … Stefan fühlte von Anfang an die Blicke des tschechischen Altbürgermeisters auf sich ruhen, der sicher inzwischen einigen Alkohol konsumiert hatte, was auch ihn zunehmend enthemmen würde. Einmal sah er kurz auf und sofort winkte der alte Mann freudestrahlend. Vielleicht hatte ihn *auch* die Musik ergriffen, denn wie all die böhmischen Musikstücke hatte auch die Jehlička-Polka etwas, das an's Gemüt ging. Aber er schien doch geradezu darauf gewartet zu haben, dass die im Dirndl ‚zum Anbeißen' aussehende Steffi – *seine* Jehlička – die mit Mascara, Wimperntusche, Lidstrich und Lidschatten geschminkten Augen hob und ihm ein Lächeln schenkte.

Dass der alte Mann wirklich nichts merkte, erstaunte Stefan immer mehr. Irgendwann müsste ihm doch etwas auffallen!

Andererseits hatten sich die Mädels mit ihm ja wirklich wahnsinnig viel Mühe gegeben!

Es hatte schon am Vortag begonnen: Sie hatten sich am Vormittag alle gemeinsam getroffen – vier Musikerinnen und er –, um mit den Vorbereitungen zu beginnen. Alle – außer ihm – hatten Kleidungsstücke und diverse andere Sachen mitgebracht, und dann war es losgegangen. Stefan selbst hatte dabei nicht viel zu sagen gehabt. Er hatte sich zunächst bis auf die Unterwäsche ausziehen und nacheinander mehrere der Musikverein-Dirndl anziehen müssen, bis die richtige Größe für ihn gefunden war.

Hatte er dies bereits als peinliche Tortur empfunden – schließlich ging es hierbei nicht ohne Witzeleien und das Zeigen von nackter Haut ab und er fühlte sich als unberechtigter Eindringling in die hermetische Welt des Weiblichen, was nicht gerade einem Sakrileg, aber doch einer hochgradigen Peinlichkeit gleichkam –, so ging es anschließend erst richtig los: Sie hatten ihn unter die Dusche geschickt mit einer Creme und einem rosafarbenen Lady-shaver mit dem Auftrag, sich von sämtlicher Körperbehaarung zu befreien, Achselhöhlen und Arme eingeschlossen. Selbstverständlich hatte er sich mit Händen und Füßen dagegen gewehrt, aber irgendwann stand die Drohung im Raum, dass, wenn er nicht selbst die Haare entfernte, eins von den Mädels diese Aufgabe übernehmen würde.

Also hatte Stefan sich gefügt.

Nach dem Duschen hatte er sich mit einer kühlenden Lotion eincremen müssen. Dann hatten sie ihm ein Höschen – mit Spitzen – und einen dazu passenden BH gegeben. Wieder hatte er sich geweigert, wieder war es mit entsprechenden Drohungen dann doch gegangen.

In die BH-Körbchen hatten sie kleine, aus Silikon gefertigte Kissen gelegt – die Mädchen versicherten, dass nicht etwa nur Transvestiten soetwas benutzten, sondern auch Frauen, wenn sie zu kleine Brüste hätten oder aus gegebenem Anlass die Größe oder den Sitz ihrer Brüste steigern oder verändern wollten. Dann hatte er die Arme heben müssen und Marita, eines der rabiateren der Mädels, hatte ihm ein spitzenbesetztes Unterkleid übergestreift.

Stefan hatte zum ersten Mal einen solchen Stoff auf seiner Haut gespürt, und er hatte sich ganz anders angefühlt als alles, was er kannte. Auch der Schnitt war anders. Sogar dieses Unterkleid saß in der Taille eng und fiel bis zu den Oberschenkeln hinab. Eigenartig. Wie schon in der Dusche, hatte sich auch jetzt etwas zwischen seinen Beinen geregt, das er selbstverständlich um jeden Preis hatte verbergen wollen. Also hatte er sich brav auf den Stuhl gesetzt, den sie mitten in den Raum geschoben hatten, und das Folgende größtenteils schweigend über sich ergehen lassen.

Als erstes war ihm das Gesicht eingecremt worden. Und dann war eine Schminkorgie losgegangen, die er sich vorher nie hätte vorstellen können. Zunächst war eine Grundierung aufgetragen worden sowie Camouflage, um auch die letzten Reste von Bartschatten und sogar, um einen Teil der Augenbrauen zu überdecken. Und dann war in einer darüberliegenden Schicht herumprobiert worden, was ihn am glaubwürdigsten in ein Mädchen verwandeln würde. Dabei war ihm diverse Male die Perücke aufgesetzt worden, die sie mitgebracht hatten. Plötzlich hatte er außerdem einen leichten Schmerz an seinem Ohrläppchen gespürt und als er mit der Hand hatte fühlen wollen, was es damit auf sich hatte, war er vehement daran gehindert worden – in diesem Moment hatte er am anderen Ohr den gleichen, leichten Schmerz gefühlt.

Spätestens jetzt war es an der Zeit gewesen, ihm zu erklären, dass die Mädels sich mit einem einfachen Verkleiden nicht zufriedengeben würden. Stattdessen setzten sie ihren Ehrgeiz dahinein, dass er nicht mehr als Mann zu erkennen sein würde. Dazu müssten sie selbstverständlich sehr weit gehen – „wir versuchen, bleibende Schäden zu vermeiden – aber garantieren können wir natürlich für nichts," versicherten sie kichernd. Sie wollten keine schlechte Parodie, sondern eine echte Verwandlung. Und das müsse bei der Unterwäsche anfangen – bis nach dem Konzert würde er in Frauen-Unterwäsche und BH herumlaufen. Und es werde mit den Löchern für zierliche Ohrringe noch lange nicht aufhören.

„Wir wollen nicht, dass man über dich lacht", hatte Anita, Saxophonistin mit einer leicht mütterlichen Ausstrahlung, gesagt. „Wir wollen, dass man staunt und sich freut, wie gut du als Mädchen aussiehst."

„Wir halten nichts von Kerls mit unrasierten Armen und Beinen, die ein schlechtsitzendes Kleid anziehen, breitbeinig und schniefend herumlaufen und meinen, dass das lustig sei," hatte die Klarinettistin Annette hinzugefügt. „*Das* ist einfach nur ekelig."

Und die anderen hatten ihr beigepflichtet, während Anita eine Salbe auf die Ohrläppchen aufgetragen und der Schmerz langsam nachgelassen hatte.

Irgendwann dann hatten sie offenbar das richtige Make-up gefunden. Sie hatten Stefan wiederum die Perücke aufgesetzt, sie gründlich frisiert, ihm die Halskette umgelegt, die er auch während des Konzerts tragen sollte, und dann hatte er endlich in den Spiegel schauen dürfen.

Er war schockiert gewesen: Das Gesicht, das er sah, hatte nur noch *sehr* entfernt mit dem Gesicht zu tun gehabt, das Stefan kannte. Aus dem Spiegel hatte ihn ein wirkliches Mädchen oder vielmehr eine junge Frau angeschaut! Noch dazu eine gutaussehende – sie wäre Stefans Typ gewesen mit den langen, blonden Haaren und dem kunstvollen, durchaus sichtbaren Make-up …

„Die Lippen dürfen morgen natürlich nicht ganz so rot sein. Schließlich musst du ja in dein Instrument blasen können." Die Mädels hatten wieder einmal vielsagend gekichert. „Aber wenn du willst, können wir dich nach dem Konzert, wenn es an's Tanzen geht, ein wenig nachschminken." Alle außer Stefan hatten gelacht. „Frauen machen das so", fügte Annette an. „Das berühmte ,Nasepudern'. Deswegen sind die Frauen-Toiletten immer so voll."

Schließlich waren Finger- und – zu Stefans Erstaunen – auch die Fußnägel drangekommen.

„Warum auch die Fußnägel? Die sieht doch keiner!", hatte er wieder einmal protestiert, inzwischen ohne große Hoffnung auf Erfolg.

„Das gehört ganz einfach dazu!" Marita hatte auch in diesem Punkt nicht mit sich reden lassen. „Es geht ja auch um dich: du sollst dich wie ein richtiges Mädchen fühlen. Vielleicht hast du selbst dann auch Spaß daran. Und lackierte Finger- und Fußnägel gehören eben zu dem Weiblichsten, was Mädchen vorzuweisen haben – neben ihren Körperformen, natürlich, an denen wir bei dir auch noch ein wenig werden feilen müssen."

Stefan war sich nicht sicher gewesen, was er von dieser Ankündigung zu erwarten haben würde.

Das Rätsel löste sich jedoch, als es, nachdem der Lack auf den Finger- und Fußnägeln ordentlich getrocknet war, an das Thema „Bodyshaping" gegangen war. Er hatte das Wort zuvor noch nie gehört, aber noch viel weniger hatte er schon einmal die Dinge gesehen, die nun zutage kamen. Ein Korsett war ihm theoretisch und von Bildern her wenigstens bekannt, aber dass es straffe Höschen mit eingenähten Polstern am Hintern und an der Seite gab, war ihm bis dahin unbekannt gewesen.

„Warum? Wer sich Polster in den BH steckt, kann sich auch Polster an den Hintern kleben, oder nicht?"

Das Korsett war so eng geschnürt worden, dass Stefan gerade noch atmen konnte, doch als er in den Spiegel sah, hatte er plötzlich eine bemerkenswert schmale Taille gehabt.

„Das ist bei einem Dirndl besonders schön," hatte Anita gesagt, die selbst, wie Stefan wusste, sehr gern Dirndl trug und darin umwerfend aussah. „Denn in der Taille wird die Schürze gebunden. Und das Höschen mit den Polstern gibt dir außerdem die richtigen Rundungen, die eine Frau einfach braucht, gerade wenn sie ein Kleid trägt. Ohne die würdest du aussehen wie die berühmte Bohnenstange."

Das hatte selbstverständlich keiner gewollt, und Stefan war nicht gefragt worden.

Nun hatte er wieder einmal die Arme heben müssen und die Mädels hatten die Dirndl-Bluse darüber gestreift. Auch in einen Unterrock hatte er noch steigen müssen. Ein blüten-weißer Unterrock und eine blüten-weiße Dirndl-Bluse seien ein Zeichen von weiblichen Tugenden, von Häuslichkeit und Sittsamkeit – alles Tugenden, die jedermann gern *sähe*, vor allem bei anderen; sich aber selbst *daran zu halten*, sei weniger beliebt. Wieder allgemeines, wie Stefan schien: vielsagendes Gelächter.

Und schließlich war Stefan dann in das Dirndl gestiegen. Sie hatten, nachdem er nun in der Taille geschnürt war, das ursprünglich ausgewählte Kleid durch eines ersetzt, dass eine Nummer kleiner war, und hatten den Reißverschluss an der Seite geschlossen. Das Mieder hatte sich wie eine zweite Haut um seine Taille gelegt. Doch damit nicht genug: sie hatten das Mieder zusätzlich geschnürt – „damit man das auch von außen sieht!" – und damit dafür gesorgt, dass Stefan gerade noch genug Luft zum Atmen bekam. Andere Hände hatten dafür gesorgt, dass der Rock richtig über den Unterrock fiel. Und Anita hatte Stefan die Schürze so angelegt und geknotet, dass sie genau an der schmalsten Stelle der künstlich erzeugten Wespentaille saß.

Sogar an Schmuck hatten sie gedacht. Eine Damenuhr, ein zierliches Armband, zwei Fingerringe zusätzlich zu der Halskette, die er bereits getragen hatte. Und, selbstverständlich, das Fußkettchen ...

Als in die Löcher in seinen Ohrläppchen zierliche Ringe eingeführt und verschlossen worden waren und Stefan in den Spiegel geschaut hatte, war er noch mehr verunsichert, als er es zuvor beim Betrachten des Make-ups gewesen war: Die Erscheinung, die er im Spiegel sah, sah zierlich und so weiblich aus, wie man es sich von einem Mädchen im Dirndl nur wünschen konnte. Dass er wirklich wie ein Mädchen aussehen konnte, hatte er nicht für möglich gehalten. Und jetzt, nachdem er es gesehen hatte, hatte er nicht glauben können, dass wirklich er es war, der in dieser Kleidung, unter dieser Perücke und hinter dieser Schminke steckte. Zumal von *„fake"*, also von Perücke und *zu viel* Schminke nichts zu sehen gewesen war: er, nein: die Frau im Spiegel hatte ausgesehen, als wäre es *ihr* Haar und als hätte sie nur ganz wenig Make-up aufgetragen, nur ein bisschen Lippenstift und ein bisschen Lidschatten, was frau eben so machte, wenn sie das Haus verließ. Er war sprachlos gewesen.

Die Schuhe waren zu einem kleinen Problem geworden. Die Mädels waren sich uneins. Nur die wenigsten von ihnen trugen zum Dirndl Schuhe mit hohen Absätzen – „höchstens zum Oktoberfest!" –, aber schließlich waren sie sich einig geworden, dass sie an ihm wenigstens Pumps mit ordentlichen Absätzen sehen wollten. Und dann hatten sie sich an die Vorgaben der Wett-Gewinner erinnert: 10 cm! Darunter sollte es nicht sein. Also suchten sie die Pumps mit den höchsten Absätzen, die sie hatten, heraus. Und die hatten genau 10 cm!

„Das ist ja eigentlich der Grund, warum wir uns schon heute getroffen haben", hatte Marita abschließend erklärt. „Bevor du damit auf die Bühne gehst und alle dich sehen, solltest du Zeit haben, das Laufen in diesen Schuhen zu üben."

Und damit hatte sie ihm die Schuhe überreicht.

„Probier' sie mal an!"

Stefan hatte sich wieder auf den Stuhl gesetzt – „streich deinen Rock glatt, wenn du dich hinsetzt, sonst wird er zerknautscht!" –, war wieder aufgestanden, hatte den Rock hinter seinen Oberschenkeln glattgestrichen – wieder so eine *unglaublich* weibliche Geste! –, sich erneut hingesetzt und war dann mit seinen Füßen, die aufgrund der Seidenstrümpfe und der lackierten Zehennägel kaum mehr wie *seine* Füße ausgesehen hatten, zögernd in die ungewohnten Schuhe hineingeglitten. Dass die Ferse durch den Absatz so dermaßen angehoben und der Fuß auf diese Weise in eine gänzlich unnatürliche, aber unverwechselbar feminine Haltung gestreckt wurde, hatte ihm wieder einmal die Schamesröte ins Gesicht getrieben. Aber zu seinem Erstaunen hatten die Schuhe gepasst wie angegossen. Gern hätte er anderes behauptet, aber auch die Mädels hatten gesehen, dass sie ihm passten.

„Gebongt!", hatte Marita zufrieden festgestellt. „Das geht! Dann darfst du also jetzt Laufen üben!"

Und wieder hatten alle gelacht. Denn ihnen ging es nicht nur darum, dass Stefan sich in den Schuhen fortbewegen konnte. Einen Mann in Frauenkleidern und Frauenschuhen erkannte man gewöhnlich spätestens an seinem Gang. Und den hatten sie üben wollen, bis Stefan in den Schuhen laufen konnte wie eine Frau.

Also hatten sie mit ihm erst ein wenig in der Wohnung geübt – er hatte über eine Linie in den Bodenfliesen laufen müssen – „und immer schön die Brust rausstrecken! Und die Knie durchdrücken! Und den Po raus!" –, und dann hatten sie ihn, geschminkt und gestylt wie er war, ins Auto gepackt und waren mit ihm in die nächste größere Stadt gefahren. Dort waren sie, eine gibbelnde Mädchenhorde, mit ihm, der in der Horde höchstens durch seinen Ernst auffiel, herumgelaufen und hatten genau überwacht, wie er die Füße setzte, ob er auch ordentlich mit dem Hintern wackelte und dass seine Schritte auch ja nicht zu groß waren. Am Ende des mehrstündigen Ausflugs hatte er selbst gelacht und war froh gewesen, in einem Café ein Eis zu bekommen, das er im Sitzen essen durfte. (Wenn es nach den Mädels gegangen wäre, hätte er in der Nacht wahrscheinlich mit den Schuhen geschlafen, um die Füße weiter an die ungewohnte Haltung zu gewöhnen. Oder sie wären gar Tanzen gegangen. Aber auch so war es spät genug, als er die Schuhe endlich hatte ausziehen und nach Hause gehen können.)

Stefan musste aufpassen. Während er die Jehlička-Polka, eine durchaus anmachige Musik, spielte, fühlte er sich noch immer wie auf dem Präsentierteller. Schließlich wusste wahrscheinlich inzwischen der ganze Saal, dass der Altbürgermeister *seine* Jehlička ausgerechnet in *ihm*, der schönen dritten Posaunistin des Musikvereins, gefunden hatte und sich nun ‚ihret'-wegen zum Affen machte.

Aber jetzt kamen einige musikalisch heikle Stellen. Nach der Wiederholung des ersten Teils der Polka gab es eine Überleitung vor dem Übergang zum Trio, drei Töne nur, aber die mussten sitzen, denn die hatte ‚Steffi' praktisch allein zu spielen, und als diese drei Töne näherkamen, meinte er die Blicke des gesamten Saals auf sich ruhen zu spüren – schadenfreudige Blicke, wie ihm schien, oder gar lüsterne – als hätten die Menschen sich doch noch nicht sattgesehen an dem Jungen in Mädchenkleidern auf der Bühne ihrer Veranstaltungshalle, als wollten sie ihm alle unter den Rock und auf seine spitzenbesetzten Strümpfe und die Strapse sehen, als erwarteten sie einen Skandal: dass er sich eine Blöße gab, die die Lächerlichkeit seines Auftritts noch auf die Spitze trieb oder als wollten sie wenigstens sehen, wie sich die zum Opfer bestimmte Jungfrau aus dieser peinlichen Situation rettete. Peinlichkeit zieht nun einmal Aufmerksamkeit auf sich – und vor allem Schaden-freude.

Stefan brachte die drei Töne ganz anständig hinter sich, trotz der ungeheuren Nervosität, die plötzlich in ihm aufgestiegen war und seine Finger fast gelähmt hätte, und als er über mehrere Takte hinweg immer den gleichen Ton im gleichen Rhythmus zu spielen hatte, entspannte er sich sogar ein wenig und sah kurz von seinem Notenblatt auf und zum Alt-Bürgermeister hinüber, der glücklich lächelte. Offenbar war er zufrieden mit dem Einsatz ‚seiner' Jehlička in ihrem schönen roten Rock mit der roten Schürze und den schönen Beinen, die verführerisch unter Rock und Schürze hervorschauten, nicht zu vergessen – und wahrscheinlich ganz besonders – die anmachigen Pumps mit den auffallend hohen Absätzen.

Vorerst war Stefan erleichtert. Aber die zweite Überleitung, wieder nur bestehend aus drei Tönen, näherte sich unaufhaltsam und er wurde nicht etwa gelassener, sondern eher nervöser. Wie in einem kurzen Flash hatte er sich gewissermaßen von außen gesehen, wie er dasaß inmitten der altvertrauten Blaskapelle, all den Freunden, die er schon so lange kannte, in ihren Trachten und Uniformen, die Männer in schwarzen Hosen und dunkelroten Trachtenwesten, die Mädchen und Frauen im roten Dirndl. Alles war wie gewohnt – nur dass er nun als Mädchen dazwischen saß! Und nicht etwa als schlampige, schlechte Parodie, sondern herausgeputzt bis zum allerletzten Detail der spitzenbesetzten Unterwäsche! Als wäre er *wirklich* eines von den Mädchen! Für jemanden, der ihn nicht kannte, gehörte er ganz zweifellos zu den Musiker*innen*! Andererseits saß er an seinem altbekannten Platz, so dass jeder wusste, wer er war, und jeder wusste: der Stefan trägt heute ein Dirndl, hat Ohrringe in den Ohren und ist geschminkt, und wahrscheinlich trägt er auch die entsprechende Unterwäsche!

Plötzlich kam es ihm vor wie in einem Alptraum. Fast erwartete, ja: hoffte er, dass er gleich aufwachen würde und alles wäre vorbei, er würde in seinem Bett liegen und wäre *sehr* erleichtert. Aber das geschah nicht. Stattdessen nahm die Polka ihren Lauf. Der Rhythmus und sein Anteil daran – immer die lächerliche „Zwei": um-*ta*-um-*ta* um-*ta*-um-*ta*, die er laufend zu spielen hatte – taten das Ihre, dass er die Peinlichkeit der Situation noch intensiver spürte. (Die Krönung wäre gewesen, wenn er auch noch Querflöte hätte spielen müssen – traditionell das Instrument, das in einer Blaskapelle kein Mann anfasste, dafür jedes Mädchen ganz selbstverständlich lernen musste.)

Die zweite Überleitung kam und Stefan war so mit sich selbst und seiner Scham beschäftigt, dass er sie beinahe vermasselt hätte. Dem Dirigenten gelang es, trotz des Holperns der dritten Posaune die Fäden in der Hand zu behalten, warf Stefan jedoch einen kurzen, beunruhigten Blick zu. Der allerdings übersah diesen, denn er war damit beschäftigt, trotz irritierender Perücke und Lippenstift auf dem Mundstück seines Instruments im Fluss der Musik wieder Fuß zu fassen. Der Alptraum war noch nicht vorbei, denn er fühlte, dass nun fast zwangsläufig geschah, worauf das Publikum gehofft hatte: dass er sich blamierte, dieser Junge, der im Dirndl das Jahreskonzert des Musikvereins spielte! Die eine Blamage würde hervorragend zur anderen passen. Ohne die eine wäre in den Augen des Publikums die andere sicher nur halb so schön gewesen.

Und tatsächlich kam ja noch die dritte Überleitung, mit der die letzte, finale Wiederholung des Trios beginnen würde und die, mit einem dramatischen Ritardando versehen, besonders gut sitzen musste. Stefan sah dem mit Grauen entgegen. Statt sich zu konzentrieren und zu beruhigen, wurde er nur immer nervöser. Er spürte Angst in sich aufsteigen, die er von sich nicht kannte und die vielleicht auch mit diesem gänzlich ungewohnten, irritierenden Gefühl zusammenhing, das der Stoff des Rocks auf seinen in Seidenstrümpfen steckenden Beinen, das enge Mieder und die Andeutung eines Busens in dem BH, den er trug, erzeugte. In seiner Verwirrung drohte er erneut den Anschluss zu verlieren – und ganz plötzlich war sie dann auch schon da, die dritte Überleitung, und obwohl er laut drei Töne blies, wie sie rhythmisch an diese Stelle gehörten, waren sie doch so dermaßen falsch, dass selbst einige der Musikerkollegen ein Lachen kaum unterdrücken konnten, ganz zu schweigen von einer Reihe von Zuschauern im Publikum, die auf diesen Augenblick nur gewartet zu haben schienen. Das Gelächter war für einen Moment so laut, als würde die Musik nicht weitergehen. Stefan lief tiefrot an, und als das Stück schließlich zu Ende war und sie die Instrumente absetzten, wagte er nicht, seinen Blick vom Notenblatt zu lösen und aufzusehen, während vor der Bühne der Beifall aufbrandete.

Der Dirigent ließ sich nicht erst selbst beklatschen, sondern forderte sofort das gesamte Orchester auf, aufstehen, wie man es tut, wenn ein Stück aufgrund der hervorragenden Leistung der Musikerinnen und Musiker besonders gut gelungen ist. Dabei schien es Stefan, als würde er ihn, wie er im Dirndl des Musikvereins nun wieder in voller Größe zu sehen war, für einen kurzen Moment mustern – ob belustigt oder verärgert, konnte er nicht erkennen. Er versuchte es auch gar nicht erst, denn er war voll und ganz damit beschäftigt, sein inneres wie auch sein äußeres Gleichgewicht wiederzufinden. Für einen kurzen Augenblick hatte er vergessen, dass die hohen Absätze an den Pumps, die er trug, ein sorgfältigeres Austarieren des Gleichgewichts erforderte, und wäre beim Aufstehen fast umgeknickt.

Der Applaus war dennoch anhaltend und begeistert. Wie es Stefan schien, gehörten nicht zuletzt die tschechischen Gäste zu jenen, die besonders lange und sogar stehend applaudierten und hin und wieder laut „Bravo" und „Zugabe" riefen. Und als er dann doch den Altbürgermeister ansah, hob dieser seine Hände über den Kopf und klatschte noch begeisterter, als er es ohnehin schon getan hatte. Und sah ,seine' Jehlička dabei so intensiv an, dass Stefan den Eindruck gewinnen musste, dass er nur und ausschließlich für dieses ,Mädchen' im roten Dirndl klatschte.

Der ‚gemütliche' Teil

Schließlich stand noch der Walzer „Für meine Liebste" auf dem Programm. Er stammte von einem tschechischen Komponisten und würde besonders ihren neuen Freunden aus Böhmen schon aus diesem Grund gefallen, war Stefan überzeugt – egal, wie sehr die blonde Jehlička patzte.

Kurz bevor sich Stille über den Saal legte und der Dirigent seinen Dirigentenstab zum letzten Mal hob, wurden im Publikum noch einige Stimmen laut, die etwas riefen, und Stefan wurde es plötzlich wieder heiß, denn er meinte darin den Namen „Steffi" zu verstehen. Glücklicherweise ließ sich der Dirigent nicht irritieren und gab ungerührt den Einsatz.

In dem Stück spielten die Posaunen musikalisch keine besondere Rolle. Sie wirkten maßgeblich an dem Walzer-Rhythmus mit, ohne dabei zur Melodieführung oder zur Steigerung der Komplexität des Stücks – wenn es denn eine solche gab – beizutragen. Stefan bewältigte seine Stimme, auch wenn das Glühen der Scham aus seinem Gesicht nur langsam weichen wollte. Selbst wenn er gar nicht gespielt hätte und vollständig ausgefallen wäre, hätte das dem Stück keinen Abbruch getan.

Aber während der Walzerrhythmus seine Wirkung tat, stieg die Stimmung spürbar. Ganze Gruppen von Zuhörern begannen mitzuklatschen und ganz offensichtlich kannten die Tschechen einen Text, den sie zur Musik singen konnten. Noch dazu hatte der Dirigent ein spürbar schwungvolleres Tempo vorgegeben, als die Musiker es aus den Proben gewohnt waren und so hatte die Musik tatsächlich etwas Mitreißendes. Es war kein Wunder, dass das beim Publikum ankam.

Auch wenn es Stefan nach allem, was bisher schon geschehen war, nicht gelang, von seiner Situation abzusehen. Das Ende des Konzerts rückte unaufhaltsam näher, und damit auch der Beginn des so genannten gemütlichen Teils und mit diesem ebenso das, was der Trompeter auf seine unangenehme Art angedroht hatte. Stefan fühlte sich an Situationen in der Schule erinnert, wenn er seine Hausaufgaben wieder einmal nicht gemacht hatte und der Augenblick näherrückte, in dem dieses Versäumnis zwangsläufig auffliegen musste. Etwas zog sich in seinem Magen zusammen, je länger es dauerte, umso mehr. Und seine Knie wurden zunehmend weich, wie er sogar im Sitzen spürte.

Schlimm wurde es aber schon, als es an die Zugaben ging. Auf dem Dorf lässt sich eine Blaskapelle nicht lange um eine Zugabe bitten. Sie ist ohnehin eingeplant und wird ohne Zögern schon nach wenigen Augenblicken Applaus gewährt. Nur wurde in diesem Fall auf ausdrücklichen, lautstarken Wunsch des Publikums, statt des vorbereiteten Stücks der soeben gespielte Walzer „Für meine Liebste" ausgewählt. Zwar hatten auch Stimmen nach „Jehlička" gerufen, aber der Walzer traf wohl auch beim Dirigenten auf die größere Zustimmung.

Und während sie das Stück erneut spielten, stieg die Stimmung im Saal weiter. Nun sangen neben den tschechischen Gästen auch die Dorfbewohner mit – wo auch immer sie den Text her hatten –, und immer mehr von ihnen fassten sich an den Händen oder unter den

Armen und begannen zu dem schwungvollen Rhythmus des Walzers zu schunkeln.

Die ausgelassene Stimmung griff auf die Bühne über. Während sie spielten, erhoben sich einige Musiker und begannen, sich im Rhythmus der Musik hin und her zu bewegen – allerdings nur die Mädchen und Frauen! Die in Dirndl gekleideten Frauen standen und schunkelten im Takt der schwungvollen Musik, die männlichen Musiker in ihren Trachtenwesten blieben sitzen, spielten ihre Stimmen aber nicht weniger temperamentvoll. Auch Stefan wollte selbstverständlich sitzenbleiben. Schließlich war er keine Frau, und er hätte es als Gipfel der Peinlichkeit angesehen, wenn er in dieser Situation durch die demonstrative Annahme der weiblichen Rolle die Blicke auf sich gezogen hätte. Allerdings ließen dies die anderen Musiker nicht zu und auch die Musikerinnen, die in seiner unmittelbaren Nachbarschaft standen und schunkelten, forderten ihn so unmissverständlich zum Aufstehen auf, dass er schließlich nicht anders konnte und sich ebenfalls langsam von seinem Stuhl erhob.

Und wo er nun schon einmal stand und seine Stimme halb auswendig spielte, musste er sich selbstverständlich auch im Rhythmus der Musik bewegen! Er tat dies in dem absurden Bestreben, unter den anderen Dirndl-Trägerinnen möglichst nicht aufzufallen. Dass das mit dem Aufstehen überhaupt nur geschah, um *ihn* – die neue Jehlička der dörflichen Blasmusik – zu präsentieren, wenn nicht um ihn bloßzustellen, begriff er erst sehr viel später, als alles längst zu spät war.

Auch er begann also, leicht zu schunkeln und sich im Rhythmus des Dreivierteltakts in den Hüften zu wiegen, so wie es ihm Anita aus dem Saxophon-

Register, die ihn ununterbrochen ansah, demonstrativ vormachte. Denn das Schunkeln von Frauen schien sich wesentlich vom Schunkeln der Männer zu unterscheiden, war sehr viel körperbetonter, wie Anita ihm immer dann deutlich machte, wenn er von seinen Noten aufsehen konnte. Es schien geradezu darum zu gehen, seinen Rock in Schwingung zu bringen.

Wenn er sich vorher bereits auf verschiedene Weise entwürdigt gefühlt hatte: dieses sich auf der Bühne zwischen den sitzenden Männern zur Musik in den Hüften schwingen zu müssen wie eine anmutige Frau – oder eher: wie ein Tanzbär, der eine Ballerina nachmachen sollte –; sich dabei angaffen zu lassen von einem Publikum, das augenscheinlich nur nach einem Grund suchte, sich über ihn zu amüsieren, hatte für Stefan etwas so Erniedrigendes, dass er vor Peinlichkeit erneut am liebsten im Boden versunken wäre. Er kam sich vor, als würde er allein auf der Bühne stehen und auf das Kommando des Publikums tanzen müssen, als würden irgendwelche Burschen seinen Rock hochwerfen, während er Pirouetten drehte, und als würde das Publikum nur darauf aus sein, unter den hochgeworfenen Röcken einen Blick auf seine spitzenbesetzten Strümpfe und sein Höschen zu erhaschen – *vor allem* auf sein Höschen!

Als der Walzer endlich zu Ende war, setzte sich Stefan schnell wieder auf seinen Stuhl. Doch das Publikum klatschte so begeistert Applaus, dass die Blaskapelle noch einmal aufstehen und der Dirigent sich noch mehrmals verneigen musste. Die Musiker setzten sich wieder, doch das Publikum klatschte weiter. Der Dirigent trat erneut auf's Podium – und ließ diesmal nur die Mädchen aufstehen, vielmehr: die Dirndl-

Trägerinnen! Er zeigte auf jede einzelne von ihnen, denn sie saßen im Orchester verteilt, und als nur noch Stefan *nicht* stand, zeigte er nach kurzem Zögern auch auf ihn, und als Stefan sich notgedrungen und wahrscheinlich mit hochrotem Kopf erhob, wurde der Applaus hörbar lauter und Rufe waren zu hören, die Stefan höhnisch vorkamen, auch wenn sie vielleicht so nicht gemeint waren. Denn es waren vor allem die Tschechen, die nun „Jehlička" skandierten, und wahrscheinlich war damit weniger Stefan, als vielmehr ihr Wunsch gemeint, die Polka ein weiteres Mal zu hören. Aber für diesen feinen Unterschied war Stefan inzwischen nicht mehr zugänglich.

Irgendwann setzte sich dieser Ruf aber durch, und es wurde deutlich, dass das Publikum noch einmal nach der Polka verlangte. Allen voran war es der alte, tschechische Bürgermeister, der lautstark und unbeirrbar stehend eine Wiederholung von „Jehlička" verlangte.

Offenbar aber war mit dem Ruf doch nicht ausschließlich die Polka gemeint, denn als sich schließlich wieder Stille über den Saal senkte und die Musiker sich bereit machten, erneut die Polka zu spielen, fiel Stefans Blick kurz auf den alten Mann und er sah, wie dieser hingerissen zu *seiner* ‚Jehlička' hinauf sah und sicher gewunken hätte, wenn er hätte erkennen können, dass „Steffis" Blick auf ihn gefallen war.

Einer seiner Posaunen-Kollegen sprang Stefan diesmal zu Hilfe, so dass die Überleitungen problemlos klappten. Aber für Stefan war diese Zugabe trotzdem eine Qual. Jede Minute, die er weiter in diesem anmachigen Dirndl und in den anrüchigen Schuhen auf der Bühne vor den Augen des Publikums verbrachte, erschien ihm mehr wie der berühmte Spießrutenlauf, nur dass in diesem Fall die Spießruten die höhnischen Blicke des Publikums waren.

Aber dann endlich war es vorbei. Das Publikum hatte genug geschunkelt und geklatscht und die Musikerinnen und Musiker konnten die Bühne verlassen.

Es folgte das übliche Gedrängel im Probenraum. Alle packten ihre Instrumente, Noten und Notenständer ein, um sich unter das Publikum im Zuschauerraum zu mischen, etwas zu trinken und sich zu unterhalten.

Stefan hielt nach dem Trompeter und seinen Kumpanen Ausschau und ebenso nach einer Möglichkeit, sich unauffällig zu verdrücken. Den Trompeter konnte er nirgendwo sehen und auch die Möglichkeit zur Flucht stellte sich nicht ein, denn nach wenigen Augenblicken drängte sich Tanja zu ihm, die ihre Querflöte sehr viel schneller in ihrer Handtasche verstaut hatte, noch bevor die meisten anderen auch nur annähernd mit ihren Instrumenten so weit waren.

„Kommst du, Steffi?", fragte sie Stefan in einem Ton, als wäre es das Selbstverständlichste von der Welt, und zu jedem anderen Zeitpunkt hätte sich Stefan über diese vertrauliche Frage maßlos gefreut.

„Ich ..." Was sollte er sagen? Die Wahrheit? „Eigentlich würde ich ..."

„Du willst doch nicht etwa schon gehen!", schnitt Tanja ihm das Wort ab und grinste ihn an. „Der lustigste Teil des Abends kommt doch erst noch! Vor allem musst du nachher noch tanzen! Hast du schon mal in einem Kleid getanzt?"

Stefan schüttelte mit dem Kopf.

„Dann solltest du dir diese Chance auf keinen Fall entgehen lassen!"

„Aber ich will nicht, dass mir wieder jemand an den Hintern grabscht!"

„Wieso nicht? Sieh es doch als Kompliment!"

„Joachim hat so komische Andeutungen gemacht."

„Joachim – der Trompeter?" Tanja zögerte. „Was hat er gesagt?"

„Er hat … eigentlich nichts Konkretes. Aber ganz offensichtlich haben die noch irgendetwas vor."

„Ach!" Tanja winkte ab. „Lass die doch. Du bleibst einfach bei uns und tust, was jedes Mädchen tut: zusehen, dass du niemals irgendwo alleine herumstehst oder -gehst. Lass dir von denen doch nicht den Spaß verderben! Dafür ist der Abend doch viel zu schön – und dein Outfit auch!"

Inzwischen standen noch anderen Musikerinnen um sie herum, die Tanja entschieden unterstützten. Stefan sah keine Möglichkeit, diesem sanften, unverkennbar nett gemeinten Druck zu entkommen, ohne endgültig zum Spielverderber zu werden. Also erhob er sich wieder auf seine Absätze und ging mit.

Tanja fasst ihn um die vom Mieder zusammengezogene Taille.

„Zuerst müssen wir unser Makeup auffrischen!"

„Was?"

„Na, eine Frau macht das so. Komm mit!"

Und damit zog sie ihn zur Damentoilette und, ohne sich auch nur einen Moment zu bedenken, durch die Tür vor die Spiegel, die hier über den Waschbecken hingen.

„So", sagte sie. „Wo hast du deine Sachen."

„Welche Sachen?"

„Deine Tasche mit Bürste, Puder, Lippenstift … Tampons und Kondomen."

Sie lachte laut auf, als sie Stefans konsterniertes Gesicht sah.

„Kleiner Scherz. Das nächste Mal musst du aber dein eigenes Makeup mitbringen."

Und damit stellte sie ein keines Täschchen auf eine der Ablagen und öffnete es.

„Das nächste Mal?"

„Ich hoffe doch, dass dies nicht ein einmaliges Experiment ist! Ich fände es schön, wenn das nur der Anfang ist – so umwerfend wie du aussiehst in diesem Kleid und mit dieser Frisur! Du nicht?"

„Ach …"

„Na, wart's einfach ab. Der Abend ist ja noch jung." Sie kramte in ihrer Tasche. „Zuerst deine Haare."

Damit nahm sie eine Bürste und begann, ,Steffis' Haare zu bürsten.

„Schöne Haare hast du. Und so schöne Ohrringe! Die stehen dir! Allerdings …"

Sie griff in ihre Tasche.

„Wenn du nicht willst, dass dir die Haare dauernd ins Gesicht fallen, musst du einen Haarreif tragen." Und sie steckte sorgfältig einen Reif in die frisch gebürsteten Haare.

Wieder soetwas, das Stefan an Mädchen wahnsinnig mochte, das so unglaublich weiblich war – aber an sich selbst …

„So. Schon viel besser. Jetzt der Puder."

Wieder griff sie in die Tasche und entnahm ihr ein kleines Döschen. Mit einem Wattebausch tupfte sie erst mehrmals in den weißen Puder und dann über Stefans Nase, Stirn und Wangen.

„Das perfektioniert deinen Teint, bringt ihn zum Strahlen. Man hatte dir die Anstrengung des Konzerts und deine Aufregung doch ein wenig angesehen, meine Liebe", plauderte sie währenddessen. „Das hier lässt dich wieder aussehen wie frisch aus dem Ei gepellt, glaub mir."

Stefan hatte sich eigentlich wehren wollen, aber Tanjas Entschiedenheit ließ seinen Widerstand im Keim ersticken. Er fügte sich einfach in sein Schicksal und ließ zu, dass sie den Puder sorgfältig auf Stirn und Nase verteilte.

„*Der* Puder, heißt es übrigens", plauderte sie weiter. „Der Schmink-Puder ist ein Er!" Sie lachte.

Stefan fiel es indessen schwer, in das Lachen einzufallen, denn nun kam Tanja mit dem Lippenstift.

„So. Jetzt noch etwas Lippenstift. Nicht gut, wenn du spielen musst – aber für eine Party unerlässlich! Regel Nummer eins: Geh nie auf eine Party ohne Lippenstift! Lippenstift und High heels – ohne das geht's einfach nicht."

Sie machte ihm vor, wie er seine Lippen zu halten hatte, damit sie sie gut bemalen konnte. Und instinktiv machte Stefan einfach nach, was sie vormachte, als wäre er ein Kind, das von der Mutter für die Fasnachtsverkleidung geschminkt wurde.

Als sie fertig war, rieb Tanja ihre Lippen demonstrativ aufeinander – Stefan ebenso – und begutachtete dann ihr Werk.

„Also, wenn ich ein Mann wäre, würde ich mich glatt in dich verlieben. Und selbst als Frau …"

Sie ließ den Satz unbestimmt in der Luft hängen, wandte sich etwas zu rasch dem Spiegel zu und vollzog in etwa die gleiche Zeremonie nun an sich selbst, was indessen viel schneller ging als bei ihm.

Während sie damit beschäftigt war, stand Stefan neben ihr, fühlte das neue, seltsame Gefühl auf seinen Lippen und beobachtete dabei, wie Tanja ihre eigenen Lippen rot anmalte. Tanja sah einfach toll aus! Sie war eine wunderschöne, selbstbewusste Frau, wie geschaffen für dieses sinnliche Outfit! Und das Mädchen, dass da im Spiegel neben ihr stand, war auch nicht von schlechten Eltern, wie er anerkennen musste. Und dennoch hoffte inständig, dass niemand in die Toilette käme, so lange er hier in seinem Dirndl – und nun auch noch mit rotem Lippenstift – stand.

Dieser Wunsch ging allerdings nicht in Erfüllung. Ganz offensichtlich war Tanja nicht die einzige, die noch schnell ihr Makeup auffrischen wollte, bevor sie sich in's Party-Getümmel stürzte. Sehr bald hörte er Stimmen vor der Tür, wo sich offenbar Musikerinnen sammelten. Dann öffnete sich die Tür und der Toilettenraum wurde schlagartig voll. Stefan fühlte sich mehr als deplatziert, aber anscheinend war er damit der einzige. Niemand sonst schien Anstoß daran zu nehmen, dass er im Kleid in der Damentoilette mitten zwischen den anderen Mädchen stand.

Schließlich signalisierte Tanja ihm, dass sie noch in eine der Kabinen müsse und er draußen auf sie warten solle. Als sie ebenfalls heraus kam, strahlte sie ihn an.

Stefan konnte es sich nicht verkneifen: „Habt ihr euch gut amüsiert über den Kerl im Kleid in der Damentoilette?"

Tanja nickte und lachte. „Sie haben doch nur festgestellt, dass dir das Kleid viel besser steht als die langweilige Männertracht. Und dass du öfters diese Perücke und Ohrringe tragen solltest, das passt einfach gut zu dir."

„Aber in der Damentoilette! Ich bin doch nun einmal kein Mädchen."

„Nein, aber keine da drinnen hätte dir gewünscht, in diesem Aufzug in die Männertoilette zu gehen, glaub mir. Ich weiß wirklich nicht, warum du so sauertöpfisch aus deiner schönen Wäsche guckst! Jetzt, wo du diesen anmachigen Lippenstift trägst, solltest du eigentlich strahlen wie eine Prinzessin! Lächel einfach und dir wird niemand widerstehen können!" Sie lachte demonstrativ, als wollte sie ihn animieren, es ihr nachzutun. Sie schien es durchaus ernst zu meinen!

Schließlich nahm sie ihn am Arm und ging mit ihm im mädchenhaften Gleichschritt die Treppe hinauf. Oben angekommen, betraten sie die Halle.

Vor diesem Augenblick hatte es Stefan noch mehr gegraut als vor dem ersten Betreten der Bühne, aber an Tanjas Arm und ihre Worte noch in seinem Ohr fiel es ihm nicht ganz so schwer.

Gemeinsam gingen sie durch den Gang, der zwischen den Tischen hindurch auf die andere Seite der Halle führte. Und Stefan nahm erleichtert wahr, dass seine Erscheinung bei den meisten an skandalumwittertem Reiz eindeutig verloren hatte.

Der Lärmpegel in dem riesigen Raum war womöglich noch weiter angestiegen, man verstand buchstäblich sein eigenes Wort nicht mehr. Wenn man etwas sagen wollte und Wert darauf legte, dass der Andere es verstand, musste man einander sehr nahe kommen.

Diesmal gab es auch für Stefan, der nur noch „Steffi" genannt wurde, einen Stuhl. Aber wenn er geglaubt hatte, sich ausruhen zu können, hatte er sich getäuscht. Stattdessen wurde er vor allem von den anderen Dirndlträgerinnen mit Fragen bestürmt, die dann mehr und mehr in Diskussionen über Outfits, Schmuck, Schuhe und Makeup übergingen. Fast hatte Stefan den Eindruck, als wenn einige der Mädchen davon ausgingen, dass er auch außerhalb seines Wett-Einsatzes seine Zeit in Kleidern und Röcken verbringen wollte und dankbar wäre für den einen oder anderen Schmink- oder Modetipp. Selbstverständlich betonte er zunächst, dass das keineswegs der Fall war und Ratschläge bezüglich der richtigen Marke von Stay-Ups und des schönsten Lippenstifts an ihn verschwendet waren. Aber das kam offensichtlich nicht wirklich an, denn die Gespräche wie auch die Tipps gingen munter weiter, selbst als ‚Steffi' zunehmend schwieg und sich darauf beschränkte, zuzuhören und nur hin und wieder freundliche Zustimmung zu signalisieren.

Irgendwann lachte Tanja laut auf und rief: „Das geht an der guten Steffi alles vorbei! Merkt ihr denn nicht, dass sie das gar nicht interessiert?"

Und aller Augen richteten sich erstaunt auf Stefan, der sein Weinglas in der Hand hielt, seine professionell manikürten Finger mit den dunkelroten Fingernägeln musterte und fast schon ein wenig abgeschaltet hatte. Gerade hatte er den ersten, einigermaßen unaufgeregten Moment dieses Abends durchlebt.

„Wirklich?" Marita, die so viel Mühe in seine Ausstattung und das Makeup gesteckt hatte, schien ehrlich enttäuscht. „Warum denn das?"

Auch wenn es drumherum sehr laut war, war deutlich, dass Stefan nun etwas sagen musste.

„Tja", begann er, während er versuchte, sich eine kluge, einigermaßen höfliche Antwort zurechtzulegen, „das ist doch eigentlich ganz einfach. Ich habe eine Wette verloren und der Einsatz war, dass ich im Dirndl das Abschlusskonzert spiele. Das habe ich nun getan, oder nicht?"

Alle nickten.

„Das heißt, dass ich dann nachher, wenn ich nach Hause komme, das Dirndl wieder ausziehen kann ..."

„... und wieder langweilige Hosen und noch langweiligere T-Shirts anziehst?", nahm Sabine ihm das Wort aus dem Mund, die in der Blaskapelle Saxophon spielte und in Stefans Augen ein ‚stilles Wasser' war: Sie war häufig dabei, wenn Musikerinnen und Musiker zusammensaßen oder etwas unternahmen, aber sie selbst sagte nur selten etwas. Stefan war überrascht, dass ausgerechnet sie so heftig reagierte.

„Männer tragen nun einmal Hosen", wollte er sich rechtfertigen.

„Na und? Das Dirndl steht dir doch viel besser!"

„Hast du schon mal andere Kleider probiert?" Auch Sandra schien das Thema zu interessieren, im Gegensatz zu dem, was Stefan vielleicht eigentlich hatte sagen wollen.

„Du meinst, Frauenkleider?"

„Ja! Du passt da doch wunderbar hinein. Du hast eine schmale Taille und einen ... okay, am Hintern habt ihr wahrscheinlich nachgeholfen, oder?", wandte sie sich an Annette und Anita, die beide nickten. „Sieht in jedem Fall total überzeugend aus. Und sogar deine Beine können sich sehen lassen – sogar mehr als das!" Sie griff Stefans Dirndl-Rock und zog ihn samt Unterrock so weit hoch, dass sie das Knie sehen konnte. „Du bist rasiert, oder? Hast du dir die Beine rasiert, oder hast du nie Haare an den Beinen."

Stefan wurde rot.

„Natürlich musste er sich rasieren!" Das war Marita, die energisch darauf bestanden hatte, dass er sich Beine, Arme und Achselhöhlen rasierte und sorgfältig eingremte.

„Natürlich." Sandra schien ihre eigene Frage absurd zu finden. „Wer sich Ohrlöcher stechen lässt, der wird sich auch die Beine rasieren."

„Was heißt ‚lassen'!" Marita lachte auf. „Von ‚lassen' kann ehrlich gesagt keine Rede sein. Dass wir ihn nicht an den Stuhl anbinden mussten, war alles. Wir haben ihn einfach überrumpelt. Ehe er erkannte, was passierte – zack! und zack! –, hatte er Ohrlöcher."

„Sieht gut aus", waren sich auch die anderen einig.

„So zierlich! Gar nicht grob oder hart."

„Und was machst du nun mit den Ohrlöchern?", wollte Sandra wissen.

Stefan machte große Augen. „Was soll ich damit machen? Die werden doch sicher wieder zuwachsen, oder nicht? Irgendwann."

„Das dauert natürlich seine Zeit ..." Sandra schien geradezu enttäuscht.

„Wie lange?"

„Keine Ahnung, hab's noch nicht probiert."

„Aber, du kannst sie doch weiter benutzen." Das war wieder das ‚stille Wasser' Sabine.

Sandra nickte. „Überhaupt, wieso ziehst du nicht mal für ein paar Tage Kleider an. Jetzt, wo du gerade vollständig rasiert bist und sogar Ohrlöcher hast."

„Weil ..." Stefan fühlte sich unwohl. Das Gespräch entwickelte sich nicht in der Richtung, die er eigentlich beabsichtigt hatte. „Das war doch nur eine Wette, die ich verloren habe. Und dabei ging es nur um diesen einen Abend."

„Na und? Das heißt doch nichts! Ist es nicht ein schönes Gefühl, ein so schönes Kleid und – ich vermute mal – schöne Wäsche zu tragen?"

Stefan war sich nicht sicher, was geschah, wenn er dem zustimmte. Er blieb lieber zurückhaltend. „Doch, sicher …"

„Na also!" Das war offensichtlich schon Zustimmung genug. „Warum machst du es dann nicht mal für ein paar Tage?"

Stefan hätte das Gespräch gern beendet. Aber es hörten wieder einmal alle zu und waren ganz offensichtlich gespannt auf seine Antwort. Er zögerte.

„Ich meine, sieh dich mal an, wie du da sitzt!" Sandra blieb hartnäckig. „Wie du die Beine übereinandergeschlagen, den Rock und die Schürze geglättet hast und mit den schicken Pumps schlackerst. In regelmäßigen Abständen zupfst du an deiner Schürze herum oder streichst deine Haare aus dem Gesicht, so dass alle deine lackierten Fingernägel und die schönen Ohrringe sehen können."

Stefan war konsterniert. Tat er all das?

„Und ich wette, wenn ich dir nach dem Konzert meinen Puder und mein Rouge angeboten hätte, hättest du begeistert dein Make-up aufgefrischt." Sandra grinste ihn an.

„Er hat *meinen* Lippenstift genommen", ließ sich Tanja in diesem Augenblick betont beiläufig hören.

„Aber …" Stefan wollte unbedingt etwas tun, um den Abgrund, in den er zu fallen drohte, nicht noch tiefer werden zu lassen.

„Was ist?", beharrte Sandra. „Glaubst du mir nicht? Du verhältst dich *sehr* fraulich! Und das sieht nicht etwa tuntig oder geziert aus, wie bei den … eben: den Tunten, sondern ganz natürlich, als wenn du das schon seit langer Zeit so machen würdest."

„Und wenn du das nicht einmal merkst," mischte sich Annette nun ein, „dann ist das noch mehr ein Zeichen dafür, dass du es wirklich mal für ein paar Tage versuchen solltest!"

„Was?"

„Na, Frauenkleider zu tragen und als Frau zu leben."

Stefan sah sich fassungslos um. Er konnte nicht glauben, dass sie das ernst meinten.

In diesem Augenblick erinnerte er sich daran, dass es Marita gewesen war, die ihm eingeredet hatte, dass zum Dirndl Pumps mit wirklich hohen Absätzen gehörten! Tatsächlich hatte er, während er in seinen High heels daherstöckeln musste, keine einzige Musikerin mit derart hohen Schuhen gesehen. Er wurde gelassener. Sie wollten ihn nur aufziehen, dessen war er sich jetzt fast sicher. Sie meinten das nicht so. Er musste lachen.

„Siehst du, du findest die Idee selbst gar nicht so schlecht. Ein Leben in Röcken, Kleidern, Nylon-Strümpfen und Pumps *hat* ganz einfach etwas! Das ist mit nichts anderem zu vergleichen. Du wirst schon sehen …"

„Was heißt denn ‚du wirst schon sehen'! Ich habe ja gar nicht zugestimmt."

„Das kommt noch, wart's ab!"

„Aber wieso sollte ich?"

„Weil es Spaß macht!"

„Euch!"

„Dir wird es auch Spaß machen!"

„Aber …"

„Kein weiteres ‚Aber', Steffi!" Sandra schien es nun ernsthaft genug zu sein. „Sonst werden wir dich zum größten Langweiler auf Gottes weitem Erdenrund erklären."

Stefan gab dennoch nicht auf. „Ich muss – *aber* – zur Arbeit."

„Nimm Urlaub."

„Und woher sollte ich die Kleider nehmen?"

Sandra machte eine ausladende Geste, die alle Musikerinnen in der Runde einschloss. „Du wirst Auswahl genug haben!"

Nun wusste Stefan doch nichts mehr zu sagen. Meinten sie das *doch* ernst? „Auswahl genug?"

„Na, einen solchen Spaß werden *wir* uns jedenfalls nicht entgehen lassen. Und als Kassenwart unseres Vereins mache ich dir jetzt ein Angebot – und ich meine es ernst! Wenn du die nächsten Tage als Frau verbringst, dann gehört das Dirndl dir!" Sie deutete auf ihn und auf die Tracht, die er trug.

Stefan stutzte. „Aber …" Nur langsam formte sich der Gedanke in seinem Kopf. „Ich … ich werde es doch gar nicht brauchen können. Ich werde ja nicht noch einmal ein Konzert im Dirndl spielen!"

„Wer weiß. Und außerdem hast du dann für die nächsten Tage schon einmal etwas anzuziehen." Sandra lächelte gewinnend.

„Ich dachte, ich hätte Auswahl genug."

„Hast du ja auch. Ich meine nur … Ich finde einfach, dass es dir zu gut steht, als dass du es wieder abgeben und nie wieder anziehen solltest. Und wir könnten ja alle zusammen ausgehen, irgendwohin, wo ein Dirndl angesagt ist."

Stefan nahm einen Schluck aus seinem Weinglas. Er zögerte. Was war es? Er war sich sicher, dass er ungeschoren aus dieser Sache herauskommen wollte. Andererseits ... da war unverkennbar auch ein Reiz ... Nicht zuletzt hatten noch niemals zuvor so viele Mädchen so unverkennbar Anteil an ihm genommen.

„Und? Was sagst du?"

Stefan schüttelte mit dem Kopf. Was passierte hier? Konnte das alles wahr sein? Meinten die das wirklich ernst? Und was war mit ihm selbst los?

Da spürte er plötzlich Sandras Lippen an seinem Ohr und hörte ihre Stimme flüstern: „Wenn du das machst, kommst du heute Nacht mit mir nach Hause und wir stecken dich gleich in ein schönes, heißes Nachthemd von mir. Ich habe da ein paar, die dir gefallen werden! Und dann schläfst du mit mir in *einem* Bett – wie zwei *sehr* gute Freundinnen!"

Sie drückte ihm einen flüchtigen Kuss auf seine Wange. Dann entfernte sie ihren Kopf wieder von dem seinen und sah ihn erwartungsvoll an.

Stefan war es heiß geworden. Aus dieser Zwickmühle kam er nicht mehr hinaus. Nun allerdings war er sich sicher, dass er das auch gar nicht mehr wollte.

Tanz

Plötzlich wurde die Musik noch lauter. Einige Musiker standen auf und rückten ein paar Tische beiseite. Nun sollte getanzt werden.

Stefan war – als Stefan – eigentlich ein recht guter Tänzer, trotz seiner schmächtigen Gestalt, die ihm das Führen manchmal erschwert hatte. Aber als Mann gehörte es sich, dass man beim Tanzen vorgab, wo es lang ging und wie.

Und jetzt? Er hatte Angst vor dem, was nun kommen würde. Er würde schlecht sitzenbleiben können, während alle anderen tanzten. Aber dann musste er *als Frau* tanzen! Er würde sich in den (Männer-)Arm nehmen und führen lassen und dabei die Frauenschritte machen müssen! Womöglich würde er von Hinz und Kunz, schlimmer noch: von irgendwelchen, angetrunkenen Machos aufgefordert werden und er würde sich kaum wehren können. Vielleicht würden sie sich einen Spaß daraus machen, ihn mit fliegenden Röcken umherzuwirbeln. Und schließlich musste irgendwann auch der Trompeter wieder auftauchen. Es machte Stefan nervös, dass er nicht wusste, wo der war. – Wahrscheinlich stand er irgendwo draußen und wartete darauf, dass „Steffi" sich verdrücken wollte. Das wäre dann für ihn der richtige Augenblick!

Die Musik fing mit Standardtänzen an. Noch bevor sich die ersten Tanzpaare gebildet hatten, flüsterte Tanja ihrem Freund etwas ins Ohr. Als dann die ersten Tänzerinnen und Tänzer der Tanzfläche zustrebten, stand auch dieser auf, verneigte sich elegant vor Stefan, hielt ihm seine Hand entgegen und sagte: „Darf ich bitten?"

Stefan war wie erstarrt. Er blieb sitzen und sah Tanja erstaunt an.

„Was?", lachte diese auf. „So geht das. Der Mann sagt ‚darf ich bitten' und die Frau legt ihre manikürte Hand in die ausgestreckte Hand des Mannes. Warst du denn nicht beim Abschlussball? Im wunderschönen Abendkleid?"

Sie nahm Stefans Hand, sah demonstrativ auf die tiefroten Fingernägel und stellte fest: „Die Fingernägel sind schön rot, da wirst du die Aufforderung nicht ablehnen können." Und sie lachte wieder.

„Aber …"

„Nichts aber, du wirst Sam nicht einfach da stehen lassen können wie bestellt und nicht abgeholt!"

Sam stand tatsächlich noch immer da, mit ausgestreckter Hand, lächelnd, souverän. Stefan sah ihn unschlüssig an. Da lächelte Sam noch gewinnender und sagte: „Ich werde dir nicht auf die Füße treten, Steffi, versprochen! Du musst wirklich keine Angst haben."

„Und, *by the way*," wandte sich Tanja noch einmal an ihn, „du solltest die Chance nutzen, dich mit Sam erst einmal ein bisschen warm zu tanzen, denn ich vermute, dass du die Damentanzschritte noch nicht so oft getanzt hast, und heute Abend wird es wahrscheinlich nicht *einen* Tanz geben, den du wirst auslassen können. Die werden Schlange stehen um einmal mit der schönen Steffi zu tanzen, der ‚zum-Anbeißen-Jehlička', glaub mir!" Sie nickte in Richtung eines Tischs, an dem eine Reihe von Männern – Musikern und Gästen – saß, die gerade in diesem Augenblick zu ihnen hinüber sahen.

Diese Beobachtung war nicht eben dazu angetan, Stefan Mut zu machen. Aber vor diesem Hintergrund wirkte das ohnehin liebenswürdige Lächeln Sams noch viel liebenswürdiger.

Stefan stand auf. Er spürte, wie weich seine Knie waren. Um seine Psyche war es nicht besser bestellt. Etwas in ihm fragte unablässig, was er hier machte und wohin das führen würde. Sobald er sicher auf seinen hohen Absätzen stand, legte er seine Hand unsicher in die Hand von Sam.

„Umgekehrt!", korrigierte Tanja ihn. „Die Dame lässt sich beim Aufstehen helfen! Das bedeutet, sie legt *erst* ihre Hand in die Hand des Herrn und steht *dann* auf, wobei der Herr dafür sorgt, dass sie nicht ins Straucheln gerät." Sie sah ihn verschmitzt an. „Du bist eine hilflose Frau, denk immer dran! Der Mann ist dazu da, dich zu beschützen und dafür zu sorgen, dass es dir gut geht! Schließlich waren es die Männer, die dafür gesorgt haben, dass wir auf diesen Stelzen gehen müssen und in unseren Korsetts keine Luft bekommen."

Stefan winkte ab. „Das dauert noch, bis ich das verinnerlicht habe."

„Na, du hast ja ein paar Tage Zeit, um das zu lernen."

Stefan fühlte fast soetwas wie Gänsehaut auf seinem Rücken. Hatte er das wirklich versprochen?

Sam räusperte sich.

„Und achte immer auf deine Schürze!", raunte Tanja ihm noch zu. „Sieh zu, dass der Knoten immer schön fest sitzt. Nicht dass du sie verlierst!"

Sam führte ihn galant zwischen den Tischen hindurch zur Tanzfläche. ‚Was mache ich hier?', schoss es wiederum durch den Kopf. ‚Ich sollte mich sofort umdrehen und machen, dass ich wegkomme! Ich sollte so schnell wie möglich dieses lächerliche Kleid ausziehen und all das, was ich sonst noch anhabe, sollte die Perücke loswerden und mir die absurde Farbe aus dem Gesicht waschen. Stattdessen gehe ich auf diesen Stöckelschuh-Absätzen, die einer *Nutte* Ehre gemacht hätten, an der Hand von Tanjas Freund in Richtung Tanzfläche! Ganz wie ein Mädchen, das angesichts all der starken Männer, die es lüstern anstarren, ein feuchtes Höschen bekommt.'

Während er leicht in Panik geriet, rückte die Tanzfläche unaufhaltsam näher.

Wieder errötete er vor Scham. Er zögerte.

Für einen Augenblick stand Stefan vollkommen neben sich. Ihm ging durch den Kopf, was soeben geschehen war. Sandra … wollte er wirklich die Nacht mit Sandra in einem ihrer Nachthemden verbringen? Auch wenn der Gedanke daran in seinem Höschen eine eindeutige Reaktion hervorrief, scheute er sich, diese Frage ohne weiteres mit ‚ja' zu beantworten. Und die nächsten Tage: wollte er tatsächlich weiterhin Frauenkleider tragen? War das überhaupt ernst gemeint gewesen, was Sandra gesagt hatte? Und was würde geschehen, wenn er in einem ihrer Nachthemden mit ihr ins Bett ging? Was genau hieß dieses „wie zwei *sehr* gute Freundinnen"? Sandra könnte in ihm in diesem Aufzug unmöglich einen Mann sehen, mit dem sie Sex haben wollte.

Aber wer konnte schon sagen, was Frauen wollten!

Oder war Sandra vielleicht lesbisch und … wenn er Kleider trug und einen falschen Busen …

Ihm wurde so heiß, dass er fast gegen einen im Weg stehenden Stuhl gelaufen wäre, wenn Sam ihn nicht unauffällig darum herum gelotst hätte.

Sandra … eine Welle überflutete ihn, aber zugleich wurde sie auch zurückgehalten oder gebrochen: *das* sollte der Preis dafür sein, dass er an Sandra herankam: weiter auf Stöckelschuhen herumzulaufen, mit Lippenstift auf den Lippen und Ohrringen in den Ohren?! Was konnte sie daran finden? Selbst wenn sie tatsächlich lesbisch war. Und was würde auf diese Weise mit ihm geschehen – gerade *wenn* sie lesbisch war?

Plötzlich wurde er von Sam umgedreht. Ohne dass Stefan es bemerkt hatte, hatten sie die Tanzfläche erreicht. Sam stellte sich in Positur und forderte Stefan damit auf, es ihm gleich zu tun. Sorgfältig dirigierte er Stefans rechte Hand auf seine Schulter und nahm die andere in seine eigene Hand.

„Keine Sorge", raunte er ihm zu, „du brauchst nichts zu tun als mir die Führung zu überlassen, okay?"

Einen Augenblick wartete er noch, bis er den Takt gefunden hatte, dann setzte er sich in Bewegung – sich und seine hübsche Tanzpartnerin ‚Steffi' in ihrem heißen, roten Dirndl.

Während der ersten Tanzschritte war Stefan völlig irritiert. Angestrengt und etwas panisch versuchte er, alles andere zu vergessen und die Männerschritte, die er kannte, in ihr Spiegelbild zu verwandeln. Selbstverständlich kam er mit diesen komplizierten Berechnungen meist zu spät. Sam musste ihn sanft drängen – erst zurück, dann nach vorne, wieder zurück und nach vorne – und seine Schenkel drückten häufig gegen ‚Steffis' Schenkel unter dem seidigen Stoff ihres Rocks. Als Sam Stefan in eine Drehung führte, kam er vollkommen aus dem Konzept, war an Sams Hand aber schnell wieder ‚drin'.

Nach kurzer Zeit bemerkte er, dass er eigentlich nicht mühsam Schritte umrechnen musste. Er brauchte einfach nur die sanften Zeichen zu beachten, die Sam ihm gab. Sam war deutlich größer und kräftiger als er, so dass er ihn mühelos in die Richtung schieben konnte, in die er wollte. Vor und zurück, eine Drehung – alles zeigte Sam früh genug mit seinem Körper an. Stefan brauchte sich nur leicht zu machen und zuzusehen, dass er Sam nicht seinen Willen aufzudrängen versuchte.

Allerdings spürte er dabei Sams Hand in seinem Rücken und er fürchtete, dass diese jeden Augenblick den BH-Verschluss fühlen würde, der irgendwo dort – nur ein kleines Stückchen höher – sein musste. Und er merkte, dass ihm dies peinlicher war als einen falschen Tanzschritt zu machen! Es war absurd, aber er wollte nicht, dass Sam merkte, dass er einen BH trug! Schließlich würde inzwischen jedem klar sein, dass seine Verkleidung sich nicht auf die Äußerlichkeit des Kleids beschränkte, und dass er *selbstverständlich* auch einen BH trug, denn irgendetwas musste die sanften Hügel ja festhalten, die das Mieder und die Dirndlbluse ausfüllten.

Während er diese Panikattacke bekämpfte, bemerkte er plötzlich, dass er schon einige Zeit tanzte, ohne auf seine Schritte zu achten. Und offensichtlich hatte er gar nicht so viel falsch gemacht. Er war weder auf den hohen Absätzen umgeknickt, noch war er in die falsche Richtung gelaufen, noch hatte er eine Drehung verweigert, in die Sam ihn geführt hatte, noch hatte er einen seiner Absätze in Sams Fuß gebohrt. Offenbar war er nicht einmal aus dem Takt gekommen!

Bisher hatte er immer nach unten oder starr geradeaus gesehen, mit seiner ganzen Konzentration auf seinen Füßen; jetzt schlug er kurz die Augen auf und begegnete Sams Blick.

„Du machst das wirklich toll", sagte dieser und lächelte gewinnend. „Das machst du nicht zum ersten Mal, oder?"

Stefan war wiederum irritiert. „Wieso?", antwortete er, „natürlich! Oder …. was meinst du?"

„Na, du lässt dich von mir wunderbar führen und machst immer die richtigen Schritte. Das geht doch nicht von einem auf den anderen Augenblick. Du musst schonmal in dieser Position getanzt haben."

„Nein, wie denn? Es ist das erste Mal, dass ich" – er zögerte kurz – „so angezogen bin und auch so tanze."

„Hast du dich früher noch nie als Frau angezogen?"

„Nein, niemals!" Stefan fühlte sich peinlich berührt. „Ich bin ja nicht schwul!"

„Das eine hat mit dem anderen nichts zu tun", entgegnete Sam und machte den Eindruck, als wenn er sich auskennt. „Ein Crossdresser, der hin und wieder Frauenkleider trägt, kann genauso hetero sein wie ein Mann, der immer nur Hosen trägt."

Erneut führte er Stefan in eine Drehung. Als sie wieder Arm in Arm tanzten und Stefan Sams große Hand auf seinem Rücken spürte, dicht unterhalb des BH-Verschlusses, fuhr Sam fort: „Für manche Paare ist das auch ein erotisches Spiel, weißt du?"

„Dass der Mann Frauenkleider trägt?"

„Ja, das gibt es häufiger, als man meint. Manchmal geht die Initiative von der Frau aus, manchmal vom Mann. Frauen scheinen darin einen besonderen Reiz zu sehen."

Stefan ließ sich einige Takte weiter durch den Tanz führen, ehe er antwortete: „Ich mache das nur, weil ich diese Wette verloren habe."

„Eigentlich schade", erwiderte Sam. „Du siehst absolut hinreißend aus! Niemand, der dich nicht kennt, würde vermuten, dass du kein Mädchen bist! Und es ist wirklich ein Genuss, mit dir zu tanzen. Du hast ein so gutes Rhythmus-Gefühl und bewegst dich so elegant!"

„Du machst das aber auch ziemlich gut!", versuchte Stefan das Kompliment zu erwidern und bemerkte dabei, dass Sams Art ihm ein wenig Sicherheit zurückgegeben hatte. „Ich habe das Gefühl, dass ich mich dir ganz überlassen kann, auch wenn ich mir total unsicher bin, was die Schritte angeht. Wie gesagt, ich habe noch niemals die Frauenschritte getanzt."

„Dann würde ich sagen, dass du es sozusagen `raus hast. Noch ein paar Tänze, und du merkst nicht mehr, dass du jemals andere Schritte getanzt hast oder dich um die Führung kümmern musstest."

Stefan musste lächeln, selbst wenn die Aussicht, mit jemand anderem zu tanzen als mit Sam, wieder eine leichte Panik in ihm auslöste. Sam war der vollkommene Gentleman.

„Und wenn wir dann beim Tango angelangt sind", fuhr dieser lächelnd fort, „wirst du herausgefunden haben, dass Tanzen auch richtig erotisch sein und viel Spaß machen kann!" Sam lachte, während Stefan sich auf ein unsicheres, unverbindliches Lächeln beschränkte.

Und plötzlich war es dann soweit. Noch während seines ersten Tanzes wurde er ‚abgeklatscht'. Ausgerechnet Martin, sein Posaunenkollege, der ihm bei der

Polka so tatkräftig aus der Patsche geholfen hatte, stand plötzlich neben ihnen und bat darum, die ‚Tanzpartnerin' übernehmen zu dürfen. Sam sah Stefan kurz fragend an, doch dieser war unfähig zu einer Reaktion. Da überließ Sam ihn dem neuen Tanzpartner.

Immerhin war Stefan inzwischen geübt genug, die rechte Hand ohne einen Umweg auf Martins Schulter zu legen. Und Martin wiederum war aufmerksam genug, die Führung *eindeutig* zu machen. Stefan fiel es nicht schwer, sich seinen Vorgaben anzupassen.

Während sie zu tanzen begannen, versuchte Stefan zu ignorieren, dass er nun mit seinem Freund tanzte und das von außen absolut absurd aussehen musste. Er achtete wiederum hochkonzentriert darauf, alles richtig zu machen. Martin beobachtete ihn dabei. Nach ein paar Takten sagte er: „Weißt du, dass ich dich wirklich bewundere?"

Stefan musste instinktiv aufschauen – und kam dennoch nicht aus dem Takt.

„Wie bitte?" Er wusste nicht, was er von dieser Einleitung halten sollte.

„Na ja, ich bewundere deinen Mut!"

Stefan schwieg weiter. War das nicht das Vorrecht der Frauen, dass sie den Mann reden lassen konnten, ohne ihm irgendwie zu Hilfe zu kommen?

„Ich meine, du tauchst hier auf, bei unserem Abschlusskonzert: im Dirndl, mit Stöckelschuhen, geschminkt und mit Perücke, in der Konzerthalle, wo das ganze Dorf und noch viele andere dich sehen können – und ziehst das wirklich durch! Und dann bist du nicht nach Hause gegangen, sondern jetzt tanzt du sogar als Frau!"

„Was blieb mir anderes übrig?"

„Aber eine Wette ist nur eine Wette, oder nicht? Du hättest das nicht machen müssen!"

Stefan schwieg wieder einen Augenblick. Dann flüsterte er: „Hättest du das früher gesagt, hätte ich vielleicht darüber nachgedacht. Andererseits: da waren einfach zu viele, die von der Wette wussten und die strikt darauf beharrten, dass ich das machen *musste*. Das hat nichts mit Mut zu tun. Dagegen bin ich einfach nicht angekommen."

„Aber trotzdem: du hättest dich kategorisch weigern können, und jeder hätte dich verstanden. Ich meine: wie sieht denn das aus! Du bist so perfekt verwandelt, als wenn … als wenn du gern eine Frau sein würdest, oder so. Du hättest dich weigern können. Hast du aber nicht. Du traust dich stattdessen und spielst das Konzert im Kleid. Das muss man sich mal vorstellen! Du ziehst … all dies an, hast sogar lackierte Fingernägel, trägst eine Halskette mit einem Herzchen daran und die vielleicht süßesten Ohrringe, die ich jemals gesehen habe. Und ich habe vorhin sogar schon Parfüm gerochen, das nur von dir stammen kann! Ich finde das unglaublich und wirklich bewunderungswürdig."

Sie tanzten wieder ein paar Takte. Währenddessen spürte Stefan, wie gut ihm dieses Lob tat, selbst wenn er nicht hätte sagen können, ob er es nachvollziehen konnte. Andererseits wurde er durch Martins Worte auch wieder an die Peinlichkeit der Situation erinnert. ‚Als wenn du gern eine Frau sein würdest'!

„Und außerdem", nahm Martin den Faden wieder auf, „siehst du wirklich toll aus. Wirklich wie ein Mädchen, und ein attraktives! Normalerweise sieht man spätestens auf den zweiten Blick, dass das ein Mann ist, der sich ein Kleid angezogen hat und versucht, eine

Frau zu spielen. Zum Beispiel an den nicht rasierten Armen. oder an der männlichen Figur oder den kantigen Beinen. Aber bei dir … passt irgendwie alles. Und noch dazu sehr gut!"

„Danke", erwiderte Stefan und fühlte sich bei all seinen Bedenken doch auch ein wenig geschmeichelt.

„Und wie du tanzt! Dass du musikalisch bist, weiß ich ja, aber beim Tanzen einfach von der Männer- in die Frauenrolle zu wechseln, das kann sicher nicht jeder."

„Na ja", jetzt musste Stefan selbst grinsen, „noch habe ich dir nicht meinen Absatz in den Fuß gerammt! Aber was nicht ist, kann ja noch werden. Und so lange ich einen Rock trage, brauche ich nur die Augen aufzuschlagen und mich zu entschuldigen und du als Mann darfst nicht einmal aufjaulen."

Beide lachten. Und Stefan spürte zum ersten Mal an diesem Abend eine gewisse Leichtigkeit. In diesem Augenblick war es ihm nicht ganz so abgrundtief peinlich, dass er in diesem Aufzug steckte, auch wenn die Situation, mit einem Mann und noch dazu seinem Registerkollegen zu tanzen, noch immer irritierend war. Er genoss diese Atempause und ließ sich für den Rest des Musikstücks gern von Martins Arm durch den schwungvollen Rhythmus führen.

Auf den Gedanken, sich von Martin einfach aus dem Saal führen und sich von ihm nach Hause bringen zu lassen, kam er nicht. Dabei hätte dies durchaus zu seiner Frauenrolle gepasst. Und vor allem hätte es ihm einiges erspart.

Zuspitzung

Es dauerte nicht lange, bis dieser erste Tanz zu Ende war. Stefan hoffte, sich nun unauffällig an den Tisch zurückziehen zu können. Aber das sollte nicht geschehen. Er hatte noch keine fünf Schritte gemacht, da stand ein vollkommen Fremder vor ihm, der ihn um den nächsten Tanz bat.

Stefan war sich nicht sicher, ob der Fremde etwas wusste von seinem peinlichen Geheimnis. Gehörte er vielleicht sogar zu der Truppe des Trompeters, die früher oder später wieder auftauchen musste? Allerdings war er dafür entschieden zu freundlich: Keine anzüglichen Anspielungen kamen von seinen Lippen, stattdessen begann er nach ein paar Tanzschritten mit harmloser, höflicher Konversation. Er lobte die Musik und die Art, wie sie sie gespielt hatten, lobte die Zusammenstellung des Programms und wollte einiges über den Musikverein wissen. Es stellte sich heraus, dass er ein Kurgast des nahegelegenen Kurorts war und das Konzert als willkommene Gelegenheit nutzte, die Eintönigkeit des Kurbetriebs zu durchbrechen.

Plötzlich aber wurden sie unterbrochen. Tanja kam zu ihnen und fasste Stefan vertraulich am Arm, so dass sie stehenbleiben und sich aus der Tanzhaltung lösen mussten.

„Bitte entschuldigen Sie", wandte sie sich an den Herrn, „ich muss Ihnen Steffi leider entführen. Der Verein hat einen Fototermin, für den wir sie brauchen. Ich hoffe, es macht Ihnen nichts aus!"

Der Herr zog sich höflich zurück und Tanja nahm ‚Steffi' an der Hand und nahm sie mit sich nach draußen, vor die Halle.

„Was ist los?", wollte Stefan wissen, während er mit Tanja trippelnd Schritt zu halten versuchte.

„Wirst du schon sehen", war das einzige, was er zur Antwort bekam.

Draußen stand beinahe das gesamte Orchester, mit und ohne Instrumente. „Also", begann der erste Vorstand, als Tanja und Stefan sich buchstäblich mit fliegenden Röcken zu den anderen hinzugesellt hatten. „Wir brauchen dringend neue Gruppenbilder für unsere Homepage! Und weil wir gerade praktisch vollständig sind und außerdem in Tracht, wollen wir die Fotos hier und jetzt machen. Also stellt euch dort auf, wo das Licht so gut ist!" Er wies mit der Hand auf eine Stelle, die von hellen Strahlern angeleuchtet wurde.

Stefan brauchte einen Augenblick, bis ihm klar wurde, was das bedeutete. Sofort wandte er sich leise an Tanja: „Sag etwas! Das geht nicht!"

„Wieso nicht?" Es war Tanja anzusehen, dass sie genau wusste, was Stefan sagen wollte.

„Das weißt du doch genau! Ich kann *so* nicht auf ein Gruppenbild des Musikvereins, schon gar nicht, wenn es dann ins Internet gestellt wird."

„Wieso nicht?"

Stefan sah sie mit großen Augen an, spürte Wut und Verzweiflung in sich aufsteigen. „Wieso nicht? Weil … ich meine … du weißt ganz genau …"

„Ich weiß zum Beispiel," nahm ihm Tanja das Wort aus dem Mund, „dass du die nächsten Tage im Kleid verbringen wirst, oder? Genau wie eine Frau. Das haben wir vorhin so vereinbart. Da werden wir also keinen Termin finden, zu dem du zufällig einmal *nicht* ein Kleid trägst. Vielleicht findest du ja sogar heraus, dass du für länger so bleiben willst. Vielleicht für ein paar Wochen oder Monate. Fände ich nicht verwunderlich. Aber: Sollen wir alle so lange auf dich warten, bis wir die Fotos machen können?"

„Monate? Bist du verrückt?"

Vorne wurde ein Stativ aufgestellt, auf die der Fotograph eine Kamera montierte. Der Erste Vorstand betätigte sich als Ordner und versuchte mit großen Gesten, die Vereinsmitglieder so zu drapieren, dass auf dem Foto alle gut zu sehen sein würden. Tanja, Stefan und zwei weitere Mädchen standen etwas abseits, während sie diskutierten.

„Kommt ihr auch?", rief der Vorstand nun.

„Aber …" Stefans Widerstand war nicht gebrochen. Nun wandte er sich an den Vorstand selbst. „Ich kann so nicht auf ein Foto!"

Der Vorstand sah ihn an, musterte ihn von oben bis unten, während Stefan aus der Richtung, in der der Trompeter stand, immer lauter werdendes Gelächter und anzügliche Bemerkungen hörte. Der Vorstand nickte und schien zu überlegen.

Da rief Sandra, die schon in der Gruppe an dem ihr zugewiesenen Platz stand: „Wenn Steffi nicht mit auf's Foto kommt, will ich auch nicht drauf!" Und sie löste sich aus der Formation und ging zu Stefan und Tanja.

Inzwischen war es so still geworden, dass alle den Vorgang beobachten und jedes Wort verstehen konnten. Stefan wäre wieder einmal am liebsten mitsamt seinem Kleid und den Stöckelschuhen im Boden versunken.

„Sandra, bleib stehen!", rief nun der Vorstand, „und ihr zwei, Tanja und Stefan, geht ..:"

„Steffi!", verbesserte Tanja ihn, „sie heißt Steffi! Oder hast du schon mal einen ‚Stefan' in einem Dirndl gesehen?"

„Also los ... Steffi!" Die Überwindung war ihm deutlich anzumerken. „Geht endlich da rüber, so dass wir die Fotos machen können."

Stefan war konsterniert. Warum sagte der Vorstand nicht einfach, dass er verschwinden solle? Auch er konnte doch kein Interesse daran haben, dass ‚Steffi' auf dem Bild des Musikvereins zu sehen wäre. Der ganze Verein würde zum Gespött werden! Er sah den Vorstand fragend an.

„Los!", drängte dieser noch einmal, „wir wollen hier nicht die ganze Nacht stehen!"

„Aber …"

„Nun mach schon!", rief jemand aus der Gruppe. „Das wird doch ein echter Brüller!"

„Hammer!", rief nun jemand aus der Nähe des Trompeters. Und es folgte erneut anzügliches Gejohle.

Sandra fasste ihn um die Taille, zog ihn eng an sich und ging mit ihm gemeinsam in das Scheinwerferlicht. „Das wird der eigentliche Hit des Bilds", flüsterte sie. „Es wird wunderschön, glaub' mir!"

Stefan konnte nicht anders. Widerstrebend ließ er sich von Sandra und Tanja, die ihn an der Hand hinter sich her zog, zwischen die anderen schieben. Aber wenn es schon unbedingt sein musste, dann wollte er sich wenigstens nach ganz hinten stellen, um hinter den anderen möglichst zu verschwinden. So wäre er auf dem Foto praktisch nicht zu sehen, hoffte er. Als er allerdings von vorne an die Gruppe herantrat, war plötzlich kein Durchkommen. Die anderen ließen nur eine Lücke in der ersten Reihe, die gerade so groß war, dass er und Tanja hineinpassten. Aber es gab keinen Weg *hinter* die erste Reihe, auch wenn er sich hindurchzudrängen versuchte.

„Dreh dich um, Steffi!", rief auch schon der Fotograph – ein Fremder, der offenbar keine Ahnung hatte, was hier vor sich ging –, „so sieht man dich und dein schönes Kleid ja nur von hinten!"

„Ein schöner Hintern kann auch entzücken!", kam es aus der Richtung des Trompeters, und einige lachten. „Und dieser natürlich besonders!"

Zugleich wurde Stefan von mehreren der Mädels, die um ihn herum standen, an den Schultern gefasst und umgedreht, so dass er zwischen den Mädchen in der ersten Reihe zu stehen kam. Er würde auf dem Foto zu sehen sein von den Stöckelschuhen bis zur Perücke!

„Soll ich dir noch Zöpfe flechten?", hörte er zu allem Überfluss eine Stimme hinter sich. Das musste eine der Musikerinnen gewesen sein, die ihn nicht durchgelassen hatten. Vielleicht gehörte sie auch zum Trupp des Trompeters.

„Ist dein Knoten auch an der richtigen Stelle?", fragte da eine andere Musikerin. „Du bist nicht verheiratet, also gehört er in die Mitte!"

Tatsächlich hatten ihm die Mädels, die ihn in ‚Steffi' verwandelt hatten, den Knoten rechts gebunden, als sie ihm die Schürze angelegt hatten, vermutlich aus Gewohnheit.

„Das geht so nicht!" Plötzlich begannen einige in seiner unmittelbaren Umgebung, sich – hörbar künstlich – zu empören. „Steffi hat den Knoten an der falschen Stelle!"

Gleichzeitig hörte Stefan wieder Gelächter hinter sich und die schnippische Frage des unsympathischsten Mädchens des ganzen Orchesters: „Ist sie denn noch Jungfrau?!"

Es brauchte drei Stationen, bis die Entdeckung des falsch sitzenden Schürzenknotens beim Vorstand angekommen war, der noch beim Fotographen stand und letzte Korrekturen an der Position der Gruppe vorgenommen hatte. Es war ihm anzusehen, dass er am Ende seiner Geduld war. „Bringt das in Ordnung, aber schnell!", war das einzige, was er mit mühsam unterdrückter Wut hervorbrachte.

Sofort bemühten sich drei oder vier Mädchen um ‚Steffi'. Eine von ihnen griff von hinten um seine Taille herum und löste den Knoten der Schürze. Ihre Arme lagen so eng um Stefans Körper und sie presste ihre Brüste so betont gegen seinen Rücken, dass er es in jeder anderen Situation genossen hätte. Aber gleichzeitig wurde an der Dirndl-Bluse herumgezupft, als wollten ihm die Mädels ein noch freizügigeres Dekolletee verschaffen. Dabei konnte er sich in keiner Weise wehren, denn seine Arme wurden festgehalten. Außerdem lag die ganze Zeit, ebenfalls von vorne nicht zu sehen, eine Hand auf seinem Hintern und fühlte ganz eindeutig nach dem, was er drunter trug. Irgendwann griff sie herzhaft zu und kniff ihn so schmerzhaft in eine der Pobacken, dass Stefan zusammenzuckte. Er hatte keine Ahnung, welcher der Musikerinnen, die sich um ihn bemühten, diese Hand gehörte.

Als der Knoten endlich mit viel Gekicher an der richtigen Stelle gebunden war, versehen mit einer wunderschönen, großen Schleife, stellten sich alle wieder auf.

Und wieder bekam er Anweisungen aus der Reihe hinter ihm: „Du stehst da wie ein Bauernlümmel, Steffi", hörte er eine Stimme unmittelbar hinter sich. „So steht eine Frau nicht da! Du willst doch eine schöne Silhouette haben, mit Kurven! Stell die Füße voreinander, dicht zusammen, kneif die Oberschenkel und die Knie zusammen und knick in der Hüfte ein!"

Er wusste nicht recht, ob er dieser Anweisung folgen sollte. Standen die Frauen alle so da? Oder war das wieder so ein ‚Scherz' wie der mit den hohen Absatzschuhen? Er hatte keine Möglichkeit, das zu überprüfen. Und er konnte sich auch nicht erinnern, dies auf anderen Fotos gesehen zu haben. Also stellte er sich wenigstens ungefähr so hin.

Die Füße und die Knie so dicht beieinander zu haben, war eine sehr frauliche Haltung, bemerkte er. Ein etwas unsicherer Stand. Wenn er jetzt noch in der Hüfte einknickte, kam er sich schon fast vor wie eines dieser Models, die sich so affig bewegten, oder gar … wie eine Nutte! Er müsste nur noch mit dem Hintern wackeln …

„Ok, jetzt alle lächeln!", kam es in diesem Augenblick vom Fotographen, „und bitte alle in die Kamera sehen, nicht irgendwo anders hin! Und nicht die Augen zumachen! Okay? Und … cheeeeeese …"

Die Kamera machte keine Geräusche, so dass Stefan nicht sagen konnte, wann und wie viele Fotos gemacht wurden. Irgendwann sagte der Fotograph „Danke, das war's!" und die Gruppe begann sich aufzulösen.

„Stopp!", rief da der Vorstand. „Lauft nicht weg! Wir machen kurz noch Aufnahmen von jedem einzelnen Register. Wir brauchen also jeden noch einmal!"

Da aber hatte Stefan endgültig genug. Mit den Worten „ich muss mal wohin!" entfernte er sich eilig mit klackernden Absätzen und fliegenden Röcken in Richtung der Halle, diesmal unbeirrt von den Rufen hinter sich, die ihn zurückhalten wollten. Jetzt war es wirklich genug! Er konnte nicht mehr! Er musste heraus aus dieser peinlichen Situation, und am besten gleich heraus aus den Kleidern. Plötzlich wollte er unbedingt Schuhe, Kleid, Perücke, Schmuck und lackierte Fingernägel loswerden und sich irgendwo vergraben, wo er still und von niemandem beobachtet seine Wunden lecken konnte. Martin hatte vollkommen recht gehabt: Er *musste* das alles nicht mitmachen. Schon gar nicht, wenn es eindeutig zu weit ging. Und diese Grenze war nun erreicht! Jetzt war Schluss!

Bevor er aber das Weite suchen konnte, musste er noch kurz auf die Toilette. Dann würde er sich davonstehlen.

Erst als er schon fast vor der Tür der Toilette stand, fiel ihm die Schwierigkeit auf: In dem Dirndl auf die Männertoilette zu gehen, ging auf keinen Fall; aber ebensowenig würde er auf die Frauentoilette gehen können. Schließlich kannten die meisten der Konzertbesucherinnen ihn und würden ihn auch dort erkennen! Die Empörung würde groß sein, dann galt er nicht nur als pervers, weil er ein Kleid trug, sondern auch noch als ein Wüstling!

In diesem Augenblick hörte er die Schritte hinter sich. Sie kamen umso schneller näher, je langsamer er selbst angesichts seiner Überlegungen wurde. Eigentlich war er soeben kurz davor gewesen, wieder umzukehren und sich den Drang zu verkneifen, bis er irgendwo unbeobachtet war. Doch als er sich jetzt umwandte, sah er, wie der Trompeter geradewegs auf ihn zusteuerte!

„Na?", triumphierte dieser auch schon, als er ihn einen Augenblick später erreicht hatte. „Müssen wir mal ‚für kleine Mädchen'?"

Stefan sagte nichts.

„Soll ich dir helfen, *Steffi*?"

Er betonte das ‚Steffi' in einer Weise, dass es Stefan kalt den Rücken herunter lief. Er wollte schnell an dem unangenehmen Typen vorbei, um wieder in die Halle oder nach draußen zu kommen, aber dieser stellte sich ihm in den Weg.

„Was ist?", fragte er scheinheilig. „Kennst du mich denn nicht mehr? Also, ich kenne *Dich*! Du bist Steffi, vormals Stefan, der sich heute als kleiner Perversling geoutet hat und als die größte Schlampe im Umkreis von 100 Kilometern!" Damit ergriff er Stefan an den Armen und zerrte ihn in Richtung Herrentoilette. „Und diese kleine große Schlampe hatte mir versprochen, mir zu zeigen, was sie drunter trägt! Und außerdem brauche ich ganz dringend eine kleine Behandlung von einer Blasmusikerin mit schön rot geschminkten Lippen!"

Stefan wehrte sich, aber die hochhackigen Schuhe machten es unmöglich, zu verhindern, dass er Meter für Meter in die falsche Richtung gezerrt wurde.

„Ich hatte dir gar nichts versprochen!", zischte er währenddessen. „Lass mich in Ruhe!"

Jetzt stellte der Trompeter auf stur, während er Stefan weiter auf die Toilette zu zog. „Dich in Ruhe lassen? Aber niemals! Ich hab's dir doch schon gesagt: Ich sehe ganz eindeutige Zeichen, dass du ‚es' willst!" Das ‚es' betonte er wiederum, so dass klar wurde, was er damit meinte. „Ich wette, du trägst die nuttigste Unterwäsche, die ich jemals an einem Mädchen gesehen habe."

Nun rangen sie regelrecht, denn sie befanden sich unmittelbar vor der Tür, durch die Stefan auf keinen Fall hindurch wollte.

„Habe ich nicht!", rief er verzweifelt, „und überhaupt, was geht es dich an?"

„Was es mich angeht? Na, eine ganze Menge!" Der Trompeter stieß die Tür auf. „Schließlich bin ich ein Mann und die Botschaft von dem Mädchen in der nuttigen Unterwäsche kommt bei mir an! Ich bin bereit, dir deinen sehnlichsten Wunsch zu erfüllen, und zwar hier und jetzt! Du musst nicht länger warten, Steffi, du musst dich auch nicht mehr wehren: Ich bin dein Prinz, ich werde dir deine Wünsche erfüllen und dich zu meiner Prinzessin machen! Und dazu musst du nichts weiter tun, als deinen wunderschön geschminkten Mund zu öffnen und eine brave Bläserin zu sein!"

Stefan hielt sich nun am Türrahmen fest. Doch mit einem Ruck zog der Trompeter ihn in den Raum und die Tür schloss sich hinter ihnen.

„Siehst du", sagte Joachim triumphierend, „wenn du es wirklich nicht wolltest, dann hättest du doch um Hilfe geschrien oder nicht? So macht eine Frau das, die *gegen* ihren Willen zu einem kleinen Liebesdienst gezwungen werden soll! Wenn sie aber nicht schreit, heißt das, dass es ihren heimlichen Wünschen entspricht, was gerade passiert. Wie war noch gleich das Sicherheitswort? Ich hab's vergessen. Aber du hast es ja auch nicht benutzt!"

Und damit versuchte er, Stefan zwischen die Beine zu greifen. Allerdings verhinderten Rock und Schürze kurzfristig das Schlimmste. Er kam mit der Hand nicht weiter. Er fluchte.

Als er sah, dass es so nicht ging, griff er Stefan um die Taille und zog ihn fest an sich. Stefan fühlte, wie sich etwas Hartes, Dickes gegen sein Bein drückte.

„Los, du Flittchen", stieß Joachim nun hervor, inzwischen ebenfalls keuchend vor Anstrengung. „Auf die Knie mit dir! Blas mir einen! Ich spritze dir meine Sahne auch hin, wo immer du sie haben willst."

„Bist du verrückt?", entgegnete Stefan ebenso keuchend. „Wenn du nicht aufhörst, schreie ich wirklich."

„Das tust du nicht! Wetten? Du bist nicht gut darin, Wetten zu gewinnen, habe ich gehört. Und meinen Wetteinsatz kannst du dir wohl denken."

„Ich wette nicht mit dir. Lass mich los, sonst schreie ich!"

„Und dann? Was willst du dann sagen? Außerdem hast du gleich den Mund voll, da kannst du nicht mehr schreien!"

Damit drückte er Stefan nach unten, auf die Knie. Gleichzeitig öffnete er mit geübtem Griff den Reißverschluss an seiner Hose.

Stefan griff nach irgendetwas, um sich daran festzuhalten und zu verhindern, was nun geschehen sollte. Aber da war nichts.

Inzwischen stand der Reißverschluss offen und Joachim zog seinen vollständig erigierten Penis hervor. Hart schlug er damit Stefan gegen dessen Wange. Hätte Stefan jetzt geschrien, hätte der Trompeter den Moment sicher genutzt, um das zu tun, was Stefan auf jeden Fall verhindern wollte.

In diesem Augenblick öffnete sich die Tür und der tschechische Alt-Bürgermeister betrat den Raum.

„Oh", sagte er, ohne die Situation sofort zu erfassen, „Entschuldigung! Ich nicht wollte stören." Er machte Anstalten, gleich wieder hinaus zu gehen.

Aber nun fasste Stefan sich ein Herz. „Bitte!", rief er, „Hilfe! Helfen Sie mir!"

Der alte Herr blieb stehen und sah nun erst genauer auf die seltsame Situation.

„Er hat mich hier hineingezogen!", fügte Stefan an und versuchte aufzustehen, woran der Trompeter ihn zu hindern versuchte.

Der Alt-Bürgermeister blieb stehen, schien nun wirklich zu begreifen. „Gegen Willen?"

Stefan nickte nur. Überrascht stellte er fest, dass ihm Tränen in die Augen stiegen.

Joachims Hand, die ihn niedergedrückt hatte, lockerte sich. Sofort stand Stefan auf und machte ein paar Schritte, um den Tschechen zwischen sich und den Trompeter zu bringen.

Da wandte sich der alte Mann an Joachim, sah ihm einen Augenblick schweigend in die Augen, dann auf den erigierten Penis, den Joachim hastig wegzustecken suchte, und wieder in Joachims Gesicht und sagte dann ziemlich leise: „Ich hier nur Gast. Deswegen ich nicht kann viel tun. Aber wenn sich nicht entschuldigen unverzüglich bei dieser jungen Frau, Sie werden merken, dass auch alter Mann kann sein sehr überzeugend!" Damit trat er dicht an den Trompeter heran.

„Schon gut, Opa!" Joachim hob beide Hände, als wollte er sich ergeben. „Es ist ja nichts passiert mit dieser ‚jungen Frau'!"

Obwohl der Altbürgermeister einen Kopf kleiner als Joachim war und auch deutlich weniger kräftig, klang seine Stimme dennoch bedrohlich. „Ich nicht dein Opa,

Jungchen!" Damit wandte er sich an Stefan. „Alles in Ordnung? Hat er wehgetan? Etwas kaputtgemacht?" Tatsächlich bückte er sich und hob ‚Steffis' Armband vom Boden auf, das bei der Rangelei offenbar zerrissen und zu Boden gefallen war. Dann nahm er ‚Steffi' galant am Arm und führte ‚sie' aus dem Raum hinaus, ohne ein weiteres Wort an den Trompeter zu verlieren.

Stefan, der sich *sehr* erleichtert fühlte, bedankte sich bei dem alten Mann, noch immer mit Tränen in den Augen. Er war mehr als erleichtert, dass der Ex-Bürgermeister einiges von seiner Autorität in sein Alter hinein gerettet hatte. Sonst hätte die Situation böse ausgehen können. Noch immer spürte er die Stelle, an der Joachim ihn mit seinem ... Ding im Gesicht berührt hatte.

Der Altbürgermeister aber winkte galant ab, lud ‚Steffi' – vielmehr seine ‚Jehlička' – stattdessen an den Tisch ein, an dem die Tschechen noch immer zusammensaßen, und sorgte dafür, dass sie umgehend ein Glas Wein vorgesetzt bekam. Dann prostete er ihr zu, und alle Tschechen beteiligten sich. Die Gläser klangen und Stefan war froh, als er endlich ein paar Schlucke trinken konnte.

„Jehlička durstig!", stellte einer der Tschechen fest, der Stefan beobachtet hatte. „Muss erst Pause machen, bevor sie mit dir tanzt, Ondrej!"

Der Bürgermeister nickte Stefan wohlwollend zu. „Soll sie!", sagte er lächelnd, „hat schon viel getanzt! Habe gesehen!"

Die anderen lachten.

„Soll Pause machen so lange will!"

„Der alte Mann keine Augen für andere Mädchen", sagte der Tscheche, der den Bürgermeister um eine

Pause für ‚Jehlička' gebeten hatte, und er blinzelte ‚ihr' zu. „Immer nur seine Jehlička beobachtet." Stefan war sich unsicher, ob er etwas wusste, oder ob er, wie sein Freund Ondrej, ahnungslos war.

In diesem Augenblick strömten auch die anderen Musiker des Musikvereins wieder in den Saal. Offenbar waren die Aufnahmen vor der Tür beendet und nun drängten alle wieder zur Tanzfläche oder an die Bar, die inzwischen geöffnet hatte.

Als Stefan aufsah, traf sein Blick direkt auf Sandra, die ihm, während sie durch den Saal ging, zulächelte und mit einer Geste bedeutete, dass er wieder an ihren Tisch kommen sollte, wenn er wollte und der Bürgermeister ihn ließ. Er lächelte zurück und nickte fast unmerklich, auch wenn sich nun wieder der Drang nach Flucht bemerkbar machte.

„Auch schönes Mädchen", sagte der Bürgermeister, der den kurzen Blickkontakt mit Sandra beobachtet hatte. „Auch eine ‚Jehlička' – wie hieß noch gleich: ‚zum Anbeißen'." Und er lachte laut auf. „Hier bei Euch viele schöne Mädchen! Viele wunderschöne Mädchen in wunderschönen Kleidern! Wenn etwas jünger, ich mich könnte verlieben."

„Daran hat dein Alter dich noch nie gehindert!", rief ein weiterer Tscheche herüber, der drei Stühle weiter saß.

Der alte Mann grinste. „Nicht ganz falsch!" Und er hob sein Glas und prostete seiner ‚Jehlička' zu.

Tanz auf einem Vulkan

„Und, wie ist? Jehlička erholt? Bereit für Tänzchen mit altem Mann?"

Stefan war sich wieder einmal unsicher. Aber inzwischen hatte der ‚alte Mann' der vermeintlichen Jehlička nicht nur Komplimente gemacht, er hatte sie auch aus einer mehr als unangenehmen Situation gerettet. Da würde er die Aufforderung zum Tanz kaum ausschlagen können, selbst wenn der Wunsch, dem Ganzen endlich zu entkommen, inzwischen fast übermächtig war. Also leerte er entschlossen sein Glas in einem Zug – war das mädchenhaft? – und erhob sich auf ‚Jehličkas' hohe Absätze. Ein wenig kokett zog er, mehr um seine Gedanken zu ordnen, die Schürze zurecht und wandte sich dann dem Bürgermeister zu. Dieser hatte sich ebenfalls erhoben und hielt ‚Jehlička' galant seine Hand hin, um sie zur Tanzfläche zu führen.

Der alte Mann war überraschend groß, wie Stefan erst jetzt auffiel. Selbst mit den Absätzen, auf denen ‚Jehlička' stand, war ‚sie' nicht größer als er. Und als er dem Alt-Bürgermeister auf der Tanzfläche möglichst leicht die Hand auf die Schulter legte, spürte er einen ausladenden, kantigen Muskel unter dem dünnen Stoff der Jacke. Tatsächlich war der Alte noch immer eine stattliche Erscheinung, und er musste einmal ein eindrucksvolles Muskelpaket gewesen sein, demgegenüber selbst Machos wie der Trompeter kaum eine Chance gehabt haben dürften.

Die Musik spielte ausgerechnet eine Polka! Stefan hatte die Hüpferei noch nie gemocht und sich von diesem Tanz immer ferngehalten. Dem Bürgermeister aber schien es ganz anders zu gehen: ihm gefiel die Musik offensichtlich ausgezeichnet und er führte Stefan ohne Zögern in die Tanzschritte hinein. Stefan blieb gar nichts anderes übrig, als beherzt mitzumachen. Allerdings fühlte er sich, wie zu erwarten gewesen war, bei dem Hüpfen, das der Bürgermeister schon beim Grundschritt vorgab, extrem unwohl. Er rechnete fest damit, dass im nächsten Augenblick wieder einmal Gelächter zu ihm herüberschallen würde.

„Mehr, schöne Jehlička!", raunte der Bürgermeister ihm stattdessen zu. „Bei Polka musst hüpfen!"

Und er machte es vor und hielt seine ‚Jehlička' dabei so fest, dass Stefan gezwungen war, mitzumachen.

Aber dann ging es erst richtig los! Der alte Mann begann, seine vermeintliche Tanzpartnerin um sich selbst herumzuwirbeln, dass ‚ihre' Röcke buchstäblich flogen.

„Polka immer drehen!", rief er dabei. „Immer im Kreis, immer drehen!"

Stefan hatte Mühe, dass es ihm nicht schwindelig wurde und kam erst sehr viel später dazu, zu beobachten, wie hoch ‚Jehličkas' Röcke tatsächlich flogen und ob etwas zu sehen war – wobei es ja in jedem Fall peinlich war: er in seinem Dirndl auf High heels, hüpfend von einem alten Mann herumgewirbelt, der seinen Irrtum noch immer nicht erkannt hatte und ihn wirklich für eine Frau, ein schönes, junges Ding ‚zum Anbeißen' hielt, mit dem er vermutlich am liebsten ins nächste Bett gestiegen wäre.

Schließlich hatten sie die Tanzfläche drei- oder viermal umrundet, wobei sie sich ununterbrochen gedreht hatten. Stefan war inzwischen froh, dass der Bürgermeister ihn fest in seinen kräftigen Armen hielt, denn in seinem Kopf schien sich alles noch schneller und beständiger zu drehen als in der Realität.

„Jetzt, schöne Jehlička", rief der Bürgermeister plötzlich, „Figur! Achtung!" Und damit ließ er Stefan auch schon an einer Hand los, drehte ihn von sich weg, so dass sie Rücken an Rücken standen, um ihn im nächsten Augenblick wieder zu sich zurückzudrehen – alles während sie sich weiter hüpfend fortbewegten.

Und der alte Mann, der offenbar sportlicher war, als es auf den ersten Blick scheinen mochte, führte Stefan gleich noch einmal in die Figur hinein und wieder heraus, bis sie sich wieder an beiden Händen hielten und sich weiter im Kreis drehten.

„Das die Promenade, schöne Jehlička! Sehr beliebt bei tschechischen Frauen!"

Und er lachte sein herzliches Lachen.

Stefan war froh, als nach schon gut zwei Minuten die Polka zu Ende ging. Das ständige Hüpfen war anstrengend und er musste nach Atem ringen.

„Brauchst Pause?" fragte der Bürgermeister fürsorglich.

„Gern!", gab Stefan zu. „Dieses ständige Hüpfen ist ganz schön anstrengend! Und in diesen Schuhen …"

„Dann Zeit für kleine Erfrischung." Und er führte Stefan an den Tisch zurück und sorgte dafür, dass eine neue Flasche Wein gebracht wurde.

Nachdem er etwas zu Atem gekommen war, sah Stefan sich unauffällig um. Der Saal war noch immer sehr voll, ebenso wie die Tanzfläche. Gerade wurde ein langsamer Walzer getanzt und er war froh, dass er die Tanzfläche verlassen hatte. Bei einem solchen ‚Kuscheltanz' wollte er sich nicht beobachten lassen, wie er mit dem alten Mann eng umschlungen tanzte.

Aber auch der Bürgermeister hatte die Musik und den zugehörigen Tanz erkannt. Und offenbar inspirierte er ihn dazu, zu beginnen, aus seinem Leben zu erzählen.

Er hatte tatsächlich ein bewegtes Leben hinter sich. Unmittelbar nach dem Krieg geboren, war er mit seiner Mutter allein für den Hof verantwortlich gewesen, da der Vater im Krieg gefallen war. Er hatte sich hochgearbeitet, war nun der stolze Besitzer des größten Hofs im Dorf.

Er hatte früh geheiratet. Offenbar war es notwendig gewesen, das erste Kind wurde nur fünf Monate nach der Hochzeit geboren. „Frühgeburt!", rief einer der anderen Tschechen. „Ist bekannt!" Und alle lachten beherzt. Denn dann hörte Stefan etwas von einem Heuschober, das Lachen am Tisch wurde lauter, und bald wurde deutlich, dass es wohl nicht die einzige ‚Eskapade' gewesen war, die sich der Großbauer, der sich immer schon auch in der Dorfpolitik engagiert hatte, geleistet hatte. Stefan gewann den Eindruck, als wenn es neben den vier ehelichen noch einige andere Kinder geben musste, die anderen Heuschobern entsprungen waren. Tatsächlich wirkte der alte Mann bei alledem so sympathisch, dass Stefan sich ohne weiteres vorstellen konnte, dass er andere Frauen als nur seine sehr früh geheiratete Ehefrau hatte haben können.

Irgendwann während er erzählte, begannen seine Tischnachbarn, Bemerkungen zu machen und dabei auf den Ex-Bürgermeister zu zeigen. Vielleicht merkte er es nicht, aber die Botschaften waren eindeutig: „Heißes Blut!", hieß eine von ihnen, und eine andere besagte, dass noch immer keine Frau vor ihm sicher war.

Getanzt hatte er immer schon gern. Das glaubte Stefan ihm auf's Wort. Beim Tanzen schien er sich auf geheimnisvolle Weise zu verjüngen. Sein abgehärteter Körper hatte Falten bekommen, aber er strahlte noch immer eine Energie aus, die Stefan so bisher selten an einem alten Mann wahrgenommen hatte.

Während er erzählte, hatte er sich immer mehr über den Tisch gelehnt. Irgendwann hatte er ‚Jehličkas' Hand ergriffen und sie nicht wieder losgelassen. Wenn man in ihm nur einen alten Mann sah, war das eine unschuldige Berührung. Aber inzwischen schienen auch die Augen zu sprechen und das Lächeln in seinem Gesicht wurde eindringlicher, wärmer.

„Und was ist mit schöner Jehlička?", fragte er plötzlich. Stefan hatte die Wendung des Gesprächs nicht mitbekommen, denn er hatte sich kurzfristig darüber Gedanken gemacht, dass der alte Mann seine Hand mit den schön lackierten Fingernägeln inzwischen mit *beiden* Händen gefasst hatte und sie gelegentlich sogar streichelte!

„Mit mir?", fragte er daher überrascht.

„Ja!" Der Bürgermeister nickte heftig. „Was macht schöne Jehlička, wenn sie gerade nicht in schönem Kleid mit Posaune schöne Musik macht?"

Darauf war Stefan nicht gefasst gewesen. Was sollte er sagen? Er hatte sich keine ‚Vita' zurechtgelegt. Nun aber wollte der alte Mann genau diese hören.

„Nun", begann er zögerlich, „ich bin …"

„Bist hier im Dorf geboren?"

Stefan nickte. „Geboren, ja. Aber als ich klein war, sind meine Eltern mit mir weggezogen."

Der Bürgermeister nickte. „Und dann zurückgekommen?"

„Also, eigentlich nicht ganz. Ich wohne jetzt nicht hier im Dorf. Zwei Dörfer weiter."

„Und alleine? Kein Mann in Leben von schöner Jehlička?"

Stefan schüttelte intuitiv mit dem Kopf, auch wenn er im nächsten Augenblick einsah, dass das wohl nicht besonders geschickt war. Im Gegenteil: Nun musste er geradezu als Freiwild erscheinen.

„Nicht? Warum? Hast schlechte Erfahrungen gemacht?"

Stefan versuchte krampfhaft, sich auf die neue Situation einzustellen. Er zuckte mit den Schultern. Was sagte eine Frau in einer solchen Situation? Die Wahrheit? Oder etwas Taktisches, um ein solches Gespräch zu beenden? „Vielleicht ist mir der richtige noch nicht begegnet." Und wieder hörte er, während er sprach, den fatalen Doppelsinn in seinen Worten. Nicht besonders taktisch! Am liebsten hätte er sich auf die Zunge gebissen.

„Aber gibt viele Männer hier im Dorf! Und alle scheinen schöne Jehlička zu lieben!"

„Zu lieben? Wie kommen Sie darauf?"

„Oh, sagen nicht ,Sie'! Sagen ,Ondrej' und ,du'!"

Stefan nickte. „Also, wie kommst du darauf, … Ondrej?"

„Habe beobachtet. Viele schauen schöner Jehlička hinterher, lächeln, sprechen dich an. Manche dich berühren."

Berühren? Was hatte der alte Mann beobachtet?

„Aber das habe ich nicht immer gern."

„Habe auch gesehen! Trompeter. Unangenehmer Junge!"

„Ja, der! Der ist ein Casanova."

Der Bürgermeister lachte. „Wohl eher de Sade, nicht?" Und er lachte noch einmal herzlich. „Brutal! Aber eigentlich nur Jüngelchen. Zieht sofort Schwanz ein, wie kleiner Kläffer." Wieder lachte er.

„Bevor Sie … bevor du hereinkamst, glich er eigentlich eher einem gefährlichen Beißer."

„Trotzdem Kläffer." Er machte eine kurze Pause, bevor er sich wieder erwartungsvoll an Stefan wandte. „Wie ist? Genug erholt? Wollen wieder tanzen?" Und ohne eine Antwort abzuwarten, stand er auf und hielt ihm seine kräftige Hand entgegen. Stefan blieb kaum etwas anderes übrig, als sich ebenfalls zu erheben und auf seinen Stöckelschuhen – an die er sich inzwischen sogar ein wenig gewöhnt hatte, selbst wenn die Füße langsam zu schmerzen begannen – an der Hand des Alt-Bürgermeisters zur Tanzfläche zurückzukehren.

Der nächste Tanz war unverfänglich. Ein Cha cha cha. Allerdings bewegte sich Ondrej auch bei diesem Tanz in Hüfte und Oberkörper so stark, dass er Stefan zu ganz ähnlichen Bewegungen nötigte. Sie erschienen ihm übertrieben und natürlich kam er sich sofort wieder lächerlich vor. Auch hatte Ondrej seine Hand keineswegs am Schulterblatt seiner Tanzpartnerin liegen, sondern direkt auf dem BH-Verschluss, was neben der Peinlichkeit zur Folge hatte, dass sie beide sehr nah zusammen tanzten. Der Bürgermeister schien es geradezu darauf anzulegen, dass ‚Jehličkas' Brüste ihn immer wieder berührten. Stefan versuchte unablässig, den Abstand zu vergrößern, aber je mehr er wegstrebte, desto kräftiger schien Ondrej ihn an sich heranzuziehen.

„Wunderbar!", schwärmte dieser nach ein paar Takten. „Schöne Jehlička tanzt wie Göttin!"

Stefan lächelte, sagte aber nichts, da er sich noch immer auf die Schritte konzentrieren musste.

„Schon einmal in schönem Tschechien gewesen?", begann Ondrej wieder.

Stefan wartete einen Augenblick, bis er sich im Rhythmus sicherer fühlte, und antwortete dann: „Vor vielen Jahren war ich einmal in Prag."

„Noch vor Revolution? Verzeihung: vor Wende?"

„Ja, vorher."

„Heute dort sehr viel anders. Willst du nicht sehen?"

„Sehen?"

„Könntest uns besuchen kommen und Tschechien ansehen. Unser Dorf zwar weit im Osten, aber Weg nach Prag trotzdem nicht so weit."

„Oh, das wäre wunderbar!" Stefan hielt dies für unverfängliche Konversation.

„Könntest auch länger bleiben, ein wenig bei uns leben. Kannst Tschechien so besser kennenlernen."

Stefan nahm sich wieder einen Augenblick Zeit, bis er antwortete. „Da müsste ich erst einmal sehen, wieviel Urlaub ich in diesem Jahr noch habe."

„Urlaub? Was du arbeitest?"

Stefan fluchte innerlich. Was sollte er sagen. Er konnte schlecht sagen, dass er selbstständiger Unternehmer war. Also nahm er das erstbeste, das ihm einfiel: „Sekretärin."

„Sekretärin? Wunderbar! In Stadtverwaltung gerade Stelle frei geworden. Könntest für ein paar Monate Stelle nehmen und bei uns leben! Könntest Tschechien sehr gut kennenlernen!"

Stefan war überrascht. Was wollte der alte Mann? Über eine unverbindliche Einladung zum Gegenbesuch ging dieses Angebot deutlich hinaus!

„So lange kann ich hier bestimmt nicht wegbleiben", versuchte er auszuweichen.

„Aber schöne Jehlička ist jung, sollte viel ausprobieren, bevor sie Mann findet und Kinder kriegt. Wenn Kinder, vorbei mit Abenteuern!"

„Abenteuern? Ich dachte, es ginge darum, Tschechien kennenzulernen." Stefan wollte nun unbedingt den Drang des Altbürgermeisters bremsen.

Der aber ließ nicht locker. „Tschechien abenteuerliches Land! Viele nette Menschen, viel Abenteuer! Werden begeistert sein von schöner Jehlička!"

„Weil sie so ‚zum Anbeißen' ist?" Nun versuchte Stefan selbst zu lachen.

Der Bürgermeister nickte begeistert. „Genau! Werden anbeißen! Versprochen! Selbst alte Männer werden schwach bei Schönheit von Jehlička!"

Das war nun entschieden eine Wendung, die Stefan nicht vorhergesehen hatte. Nun regte sich auch der Fluchtinstinkt wieder. Er wollte auf keinen Fall, dass Ondrej *noch* deutlicher wurde.

Aber wie zog man sich als Frau aus einer solchen Situation zurück? Er erinnerte sich an eigene Erlebnisse. Davon hatte es immerhin genug gegeben, dass er aus seinem Erfahrungsschatz schöpfen konnte. Zur Einleitung lachte er noch einmal. „Das hört sich sehr nett an. Aber in den nächsten Monaten werde ich dazu leider keine Zeit haben. Und ich möchte unsere Firma auch nicht verlassen. Tut mir leid."

Der Bürgermeister überlegte einen Augenblick. „Bitte um Entschuldigung, wenn zu stürmisch vorgegangen! Wollte nicht zu nahe treten."

„Nein, nein", versuchte Stefan abzuwiegeln, ohne gleich wieder eine neue Ansatzfläche zu bieten „das bist du auch gar nicht. Aber in den nächsten Monaten geht es wirklich nicht!"

„Vielleicht für kürzere Zeit? Zwei Wochen, drei Wochen?"

In diesem Augenblick war die Musik zu Ende. „Ich muss erst einmal etwas trinken", wich Stefan aus. „Ich bin ganz ausgetrocknet von diesem wilden Cha Cha Cha!"

„Ja, wild, nicht? Spezialität von altem Mann: Schöne Frau, schöner Tanz – Mann wird wild!" Und wieder lachte er sein befreiendes, durch und durch ehrliches Lachen.

Unerwartete Wende

Zurück am Tisch, fand Stefan sein Weinglas wieder gefüllt. Er ließ sich auf seinem Stuhl nieder, schlug die Beine übereinander, strich Rock und Schürze glatt – auch dies nun schon fast gewohnte Gesten –, und bedankte sich höflich für den Wein. Niemand wollte zugeben, dass er das Nachfüllen des Glases veranlasst hatte, aber Aufmerksamkeiten waren Stefan im Laufe des Abends schon einige zuteil geworden, und weil er großen Durst hatte, stürzte er das Glas auch ohne Kenntnis des Spenders zur Hälfte hinunter. Es schmeckte seltsam, stellte er dabei fest, aber nicht, als wenn der Wein verdorben wäre. Irgendwie anders. Vielleicht war es eine andere Sorte. Wenigstens löschte es den Durst. Er nahm noch einen Schluck.

„Ondrej begeisterter Tänzer!", erläuterte einer der Tschechen, der selbst eine Frau im Arm hielt, dem Alter und der Vertrautheit nach, mit der sie einander berührten, vielleicht seine eigene.

Stefan nickte höflich. „Ja, und er ist ganz schön fit für sein Alter!"

Der Mann nickte ebenfalls und die Frau schaute, wie Stefan auffiel, fast ein wenig verträumt.

„Kommt nicht aus der Puste."

Stefan sah sich unauffällig um. Sein Blick begegnete dem von Tanja, die ebenfalls gerade von der Tanzfläche zurückkehrte und ihm zuwinkte. Spontan stand er wieder auf.

„Bitte entschuldigen Sie mich, ich möchte mal bei meinen Freunden vorbeischauen", sagte er, nickte ihnen zu und wandte sich zum Gehen.

Vielleicht war er zu schnell aufgestanden oder er hatte sich zu schwungvoll umgewandt, jedenfalls wurde ihm kurz schwindelig. Aber im nächsten Augenblick hatte er sich wieder gefangen. Es war wohl alles ein bisschen viel für ihn. Er würde die nächste Gelegenheit nutzen, um sich zu verabschieden.

Am liebsten hätte er die Halle gleich jetzt verlassen. Dann wäre er endlich dieses Kleid und alles, was damit zusammenhing, los. Langsam begannen seine Füße in den hohen Schuhen wirklich zu schmerzen. Übelkeit wäre eigentlich eine gute Ausrede, dachte er. Obwohl … er musste an Sandra denken und an ihr Angebot. Doch selbst dieses konnte nicht verhindern, dass er heimlich darauf hoffte, sich herausreden und gehen zu können, wenn er ein paar Worte mit Tanja gewechselt hatte. Gegen Übelkeit und Schwindel konnte niemand ernsthaft argumentieren. Und irgendwie fühlte er sich tatsächlich unwohl. Allerdings war das den Abend über noch nie wirklich anders gewesen. Wohlgefühlt hatte er sich bisher eigentlich noch nie.

Tanja rückte einen Stuhl neben sich zurecht und Stefan setzte sich. Er schlug wiederum die Beine übereinander, glättete instinktiv die Schürze über seinen Oberschenkeln und nahm ein Weinglas entgegen, das Tanja ihm reichte.

„Und?", fragte diese, „was hattet ihr denn so Wichtiges zu besprechen?"

Stefan sah sie überrascht an.

„Na, sich bei einem Cha Cha Cha so ernsthaft zu unterhalten, das fällt schon auf!"

„Vor allem aber", fügte Sandra hinzu, die ebenfalls gerade an den Tisch zurückkam, „fällt auf, wie wunderbar du tanzt! Ein Naturtalent! Als hättest du nie etwas anderes getan, als in Rock und Stöckelschuhen die Damenschritte zu tanzen! Du solltest den nächsten Opernball in Wien mitmachen – als Debütantin, im Ballkleid, mit langen Handschuhen und Hochsteckfrisur!" Sie grinste ihn an, aber Stefan hatte den seltsamen Eindruck, dass dieses Grinsen keineswegs spöttisch war. Möglicherweise war es tatsächlich ehrlich gemeint. Vielleicht stellte sie sich gerade vor, wie er wohl aussähe in einem solchen Kleid.

Er wusste nicht, ob er sich geschmeichelt fühlen sollte oder beschämt.

„Ich …", begann er und wollte eigentlich sagen, dass er jetzt gehen wolle, weil ihm nicht gut sei. Aber einerseits scheute er sich, denn der leichte Schwindel von gerade eben war eigentlich schon wieder vorüber, andererseits wurde er in diesem Augenblick schon wieder unterbrochen, denn er wurde erneut zum Tanzen aufgefordert. Ein Fremder stand vor ihm und bat ihn so formvollendet um den nächsten Tanz, dass er es nicht über sich brachte, abzulehnen. Auch wenn sich in ihm alles sträubte, die Farce noch weiter zu spielen. ‚Also gut', dachte er, ‚ein letztes Mal.'

Als er aufstand, flüsterte er Tanja schnell ins Ohr: „Das geht so nicht weiter! Das wird immer peinlicher! Ich kann nicht mehr! Außerdem ist mir schlecht."

Doch Tanja lächelte ihn nur an, als wüsste sie es besser. Und wahrscheinlich war das auch so. Wer wusste schon, wie oft die häufigen Entschuldigungen mit ‚weiblicher Indisponiertheit' in Wirklichkeit bloße Ausreden waren, kleine Lügen, nur um unerwünschter, männlicher Zudringlichkeit zu entkommen. Außerdem schien sie mit ‚Steffi' noch nicht fertig zu sein. Er glaubte nicht, dass sie ihn gehen lassen würde, wenn er sie fragte.

Der neue Tanzpartner führte ‚Steffi' zur Tanzfläche und in diesem Augenblick begann auch schon die Musik: ein langsamer Walzer. Ausgerechnet!

Nun war es also soweit! Stefan kannte den Tanz eigentlich nur als einen der ‚Kuscheltänze'. Als Mann hatte er sich immer darauf gefreut – da konnte man so richtig ‚schwofen' und, wenn man wollte, die Tanzpartnerin ein wenig enger an sich drücken, als unbedingt notwendig und schicklich. Oder das Bein beim Vorwärtsschreiten zwischen ihre Beine schieben und ganz durch Zufall Körperkontakt provozieren … Doch nun, da er selbst das Kleid trug und Lippenstift und Nagellack auf Finger- und Fußnägeln hatte, sah das ganz anders aus. Nun wollte er auf keinen Fall, dass dieser Mann die Situation ausnutzte und ihm zu nahe kam. Er war weder schwul noch ein so begeisterter Tänzer, dass ihm dieser Aspekt nichts ausmachen würde.

Es begann schon mit der Aufstellung: Der Mann stand in tadelloser Haltung da, doch die Rolle der Frau gebot es, dass sie ihren linken Arm, der von der Dirndl-Bluse ab vollkommen nackt war, auf den Arm und die Schulter des Mannes legte, so dass beide Arme auf ganzer Länger aufeinander lagen. Stefan achtete darauf, dass sie im Lendenbereich genügend Abstand hatten und sich nicht berührten, doch auch so war sein Gesicht sehr nahe an dem seines Tanzpartners – so nahe, dass dieser wahrscheinlich das Parfum riechen konnte, das die Mädels großzügig in seinem Dekolletee und (wieso das?) hinter seinen Ohren verteilt hatten. Und wahrscheinlich konnte er auch Einzelheiten seiner winzigen Halskette und seines Makeups erkennen, wenn er ihm direkt ins Gesicht sah, was bei dem Abstand, den Stefan aufrecht erhielt, problemlos möglich war.

Stefan war es einmal mehr peinlich. Schon begann er sich darüber zu ärgern, dass er die Aufforderung nicht einfach ausgeschlagen hatte und gegangen war.

Dann begann der Herr den Tanz. Stefan musste die Schritte wieder einmal nicht umrechnen, denn die Führung seines Tanzpartners war sehr deutlich. Rück – seit – Schluss, Vor – seit – Schluss. Rück – seit – Schluss, Vor – seit – Schluss. Der Takt – *eins*, zwei drei; *eins*, zwei, drei – war mehr als eingängig und die Musik tat das Ihre dazu.

Es fiel Stefan leicht, in den Rhythmus und in die langsamen Schritte hineinzufinden, und nach wenigen Schritten begann der Herr, sie beide in eine sanfte Drehung hinein zu führen, was Stefan ebenso leicht fiel.

Aber plötzlich fühlte er sich dennoch irritiert. Der Mann machte verhältnismäßig große Schritte. Wenn er seinen Schritt nach vorne machte, trat er, ganz wie Stefan es befürchtet hatte, so weit zwischen ‚Steffis' Beine, dass der Stoff des Rocks leicht spannte. Und damit wurde Stefan schlagartig wieder die Absurdität der Situation bewusst. Ihm wurde fast übel, als er sich vor seinem inneren Auge plötzlich selbst sah, wie er da im seidig glänzenden Dirndl auf der Tanzfläche der Dorfhalle den Hochzeitstanz tanzte, vor den Augen der gesamten Dorfbevölkerung!

Den Hochzeitstanz! Das ging ihm erst jetzt auf: Der langsame Walzer war nicht nur einer der so beliebten Kuscheltänze, sondern auch jener Tanz, den ein Hochzeitspaar tanzte, um den Tanz auf der Hochzeitsfeier zu eröffnen! Und den tanzte er nun hier vor dem ganzen Dorf – als Frau! Also nicht ‚er' – ‚sie', ‚Steffi', oder nach der Version des tschechischen Alt-Bürgermeisters: die ‚schöne Jehlička'!

Irgendwann, während er in den Armen seines Tanzpartners vor sich hin ‚walzte', schien es ihm, als würde die Musik noch lauter und die Drehungen seines Tanzpartners immer schneller, als würde er immer heftiger im Kreis herum gedreht, als ginge der langsame Walzer mehr und mehr in einen Wiener Walzer über. Schnell stellte sich die leichte Übelkeit wieder ein, die sich nun kaum mehr leugnen ließ. Außerdem wurde es ihm wieder schwindelig. Noch nicht so sehr, dass es einen Abbruch des Tanzes gerechtfertigt hätte; *so* dramatisch war es noch nicht; nein, er würde durchhalten, schließlich war er ja keine Memme oder … eine Frau! Aber immerhin … irgendwie begann sich die Welt um ihn zu drehen, und das, wie ihm schien, schneller als er selbst es in den Armen dieses Fremden tat. Je mehr er seine Umgebung beobachtete, desto mehr hatte er den Eindruck, dass die Welt um ihn her sich weiter drehen würde, selbst wenn er stehenbleiben würde.

Er spürte den kräftigen Arm, der ihn hielt und fühlte zugleich, wie die Röcke des Dirndls zu fliegen begannen. Für einen Augenblick wollte er seine linke Hand dazu benutzen, sie festzuhalten, doch das ließ ihn unsicher werden. Der Herr hielt ihn glücklicherweise fest, aber sie drehten sich noch immer und immer weiter und die Welt um sie her rotierte schneller und immer schneller. Die Musik wurde noch lauter und begann plötzlich zu verschwimmen … Stefan musste die Augen schließen, um nicht das Gleichgewicht zu verlieren, die kreisende Welt um ihn her irritierte ihn. Aber der

Mann hielt sie ja … ihn; hielt ihn ja, wie er da so im Kreis herum flog …

Irgendwann gab es eine kurze Unterbrechung. Als Stefan die Augen wieder öffnete und seinen Kopf in gerade Position gebracht hatte – offenbar war er erst auf die Seite, dann nach hinten gefallen –, war aber alles wieder in Ordnung und es ging weiter wie im Karussell, immer rund und rund herum, immer schneller …

Aber … mühsam öffnete er noch einmal die Augen, die ihm schwer geworden waren, so dass er sie kaum noch offen halten konnte… hatte sich der Tanzpartner nicht verändert? … vielleicht war er es gar nicht mehr … plötzlich sah er aus wie …

… wie hieß er noch gleich?

Er spürte wieder die Röcke fliegen und nun flogen auch die Haare. Er schmeckte den Lippenstift auf seinen Lippen und roch auch wieder das Parfum, das sie ihm in den Ausschnitt gesprüht hatten … Das war so … feminin! So sexy! Parfum! Er spürte den Wind über das Dekolletee streichen und die hohen Schuhe mit den harten, ungewohnten Absätzen an seinen Füßen, die ihn dazu zwangen, ständig quasi auf den Zehenspitzen zu laufen … mit denen er jetzt aber kaum noch den Boden berührte. Er fühlte das männliche Bein immer wieder und wieder zwischen seine in Seidenstrümpfen steckenden Beine vordringen, bei jedem Schritt ein wenig mehr, so dass sich das Bein schon seinen Lenden näherte, dort, wo sein kleines Geheimnis versteckt war, unter dem spitzenbesetzten Miederhöschen.

… wie hieß er noch gleich, der neue Tanzpartner, der aussah wie dieser …

Die Musik wurde immer lauter und verschwamm noch mehr zu einer Welle, die ihn wegzuschwemmen drohte. Und es ging weiter, wieder im Kreis herum, und das immer schneller und schneller. Sein Kopf drohte wieder nach hinten abzuknicken, er musste die Röcke, die plötzlich denen eines Brautkleids ähnelten, festhalten, sonst wären sie hochgeflogen. Sein Tanzpartner hielt ihn in seinen Armen, während sie herumwirbelten und die Röcke flogen. Sein Gesicht war dem seinen ganz nahe, er grinste ihn an …

Der Trompeter!

Stefan tanzte nicht mehr mit diesem Fremden, der so galant gewesen war, dass er sich fast gar nicht geschämt, sondern sich in seine Rolle mehr oder weniger hineingefunden hatte. Jetzt hielt der Trompeter die schöne ‚Steffi, vormals Stefan‘, im Arm und wirbelte ihn herum. ‚Steffi‘, die wirklich aussah wie eine Frau in der Tracht des Musikvereins, und bei diesem Herumwirbeln war es Stefan, wie es ihm als Kind gegangen war, wenn er auf einem Sitzkarussell gesessen hatte und jemand drehte zu schnell an dem Rad, das in der Mitte geheimnisvollerweise ganz unbewegt stand, aber alles um sich herum wirbeln ließ. Zu schnell! zu schnell! Alles drehte sich und die Musik war inzwischen so laut, dass sie nur noch ein Dröhnen war und in die Ohren drang und den Kopf sprengen wollte und den ganzen Körper zum Vibrieren brachte. Gleich würde er abheben oder in Ohnmacht fallen!

Dann konnte er ihn nicht mehr halten: der Kopf fiel erst nach hinten und schließlich zur Seite, seine Knie wurden weich, der Boden glitt unter ihm weg, als sei die Schwerkraft aufgehoben, und dann … schwebte er wirklich … und dann: seine Füße in den betörenden

High heels, in denen er wie auf Zehenspitzen gehen und nur ganz kleine Schritte machen konnte, hatten den Boden verloren ... und dann ... – er? er in betörenden High heels?! Waren das wirklich *seine* Füße – in diesen wunderschönen, sexy Schuhen? und *seine* Beine? so makellos in den seidigen Strümpfen! Und schließlich sah er Röcke vor seinen Augen, die Schürze, wieder die Beine in Seidenstrümpfen ... lackierte Fußnägel in den offenen Schuhen ... und: Strapse, ein weißes Miederhöschen, ein Höschen mit schönem Spitzenbesatz. Er sah Finger, die daran zerrten, es ruckartig herunterzuziehen versuchten. Wie in Trance griff er selbst nach diesen Fingern und wehrte sie ab. Dann sah er Männerhände, die an seinen Beinen herumgrapschten. Und in der Ferne immer: Musik. Er sah: Hosenbeine, behaarte Beine ganz nahe, Männersocken, Männerschuhe, was hatten die da zu suchen? Er fühlte Panik in sich aufsteigen, denn er begriff plötzlich, was sie wollten.

Doch ganz plötzlich wurde es noch lauter um ihn her. Behaarte Männerbeine und grapschende Finger verschwanden, stattdessen brüllte jemand sehr laut. Füße polterten auf den Boden, kurz darauf auch ein Körper, der unsanft mit dem Kopf auf den Boden schlug. Stefan versuchte sich aufzurichten und sich zu orientieren, aber seine Benommenheit nahm nur noch zu. Dann wurde auch er gestoßen, das Gebrüll um ihn her wurde noch lauter, etwas stieß gegen seinen Kopf ... und dann: nichts mehr.

Als er die Augen wieder öffnete, lag er flach auf einer Bank. Sein Kopf lag ihm Schoß einer Frau, die er nicht kannte, aber sie sah ihn auch nicht an, denn um sie herum war noch immer lärmendes Chaos. Stefan hatte den Eindruck, dass eine Schlägerei stattfand, aber er konnte kaum etwas sehen, so benommen war er noch immer. Er versuchte den Kopf zu drehen, um etwas zu erkennen, aber um ihn her drehte sich alles und es war laut wie in der Hölle. Er verlor den Halt, der Boden wich wieder zurück, er fiel ins Leere. Mühsam versuchte er sich aufzurichten, aber die Frau hielt ihn fest und die Bank, auf der er lag, wich immer wieder zurück oder sie drehte sich und er wusste nicht, ob er oben oder unten war. Die Röcke, nun nicht mehr weißes Brautkleid, sondern roter, glänzender Rock und rote Dirndl-Schürze, waren ziemlich durcheinander – und irgendwie weigerte sich plötzlich etwas in ihm, zu glauben, dass er wirklich ein Kleid und eine Schürze trug. Eigentlich sagte ihm sein Gefühl, dass alles, was er in den letzten Stunden erlebt hatte, nur ein Traum gewesen sei und er in diesem Augenblick in der Wirklichkeit wieder erwachte, die irgendwie aus den Fugen geraten war. Doch er fühlte die Schuhe an seinen Füßen, die Seitenstrümpfe an den Beinen – und wunderte sich, dass er sie wirklich trug, obwohl der Traum doch ganz offensichtlich zu Ende war. Oder war er es noch nicht? Würde er erst im nächsten Augenblick aufwachen?

Wieder verlor er den Halt, fiel immer tiefer und dann auch wieder hinauf und zur Seite. Er fühlte, wie die Frau, in deren Schoß sein Kopf lag, ihn hielt, aber es wurde ihm wieder schwarz vor Augen, die Höllenmusik verschwamm und begann langsam zurückzuweichen, kam aus immer größerer Ferne …

Als er das nächste Mal durch den Vorhang der Dunkelheit in die Wirklichkeit vordrang, spürte er, wie sein Kopf nach unten hing und hin und her wippte. Offenbar wurde er getragen, er spürte jeden einzelnen Schritt durch seinen Körper dringen und etwas drückte ihm in den Bauch, in dem sein Körper eingeknickt war. Alles schwamm vor seinen Augen, es dröhnte, sein Bewusstsein wollte nicht vollständig zurückkehren. Im Gegenteil: das wilde Wippen betäubte ihn noch mehr als jene wilde Kreisbewegung mit der alles begonnen hatte. Um ihn her hörte er noch immer erregte Stimmen, aber er konnte sie nicht auseinanderhalten, sie verschwammen zu einem wilden Brausen …

… und wieder verlor er den Halt, wusste nicht mehr, wo oben und unten war, griff ins Leere und stürzte ins Nichts. Er bekam keinen Atem, geriet in Panik, weil sein Bauch eingedrückt wurde und er nicht atmen konnte. Er wollte schreien oder sich irgendwie verständlich machen, aber er bekam keinen Laut heraus, und es schien auch niemand auf ihn zu achten. Er versuchte die Augen zu öffnen und den Kopf zu heben, aber er sah nichts, fühlte nur diese ungewohnte Haltung – er lag ganz offensichtlich wie ein Sack Kartoffeln auf der Schulter eines Mannes, der ihn wegtrug. Nur: wer war der Mann? Und wohin trug er ihn? Doch wieder war die Ohnmacht schneller, abermals verlor er das Bewusstsein, und diesmal für eine lange Zeit.

Missgeschick

Zuerst hörte er nur ein regelmäßiges Dröhnen. Er hielt die Augen geschlossen. Langsam drangen in das Dröhnen Stimmen von Menschen. Sie unterhielten sich. Sie waren weit weg, nicht zu verstehen, nicht mehr als ein Gemurmel, aber auch nicht so weit weg, dass er nicht einzelne Stimmen hätte unterscheiden können.

Ganz langsam nahm er Details wahr. Er versuchte, sich zurechtzufinden.

Er lag, aber nicht flach, sondern auf etwas Unebenem. Es war eng. Er befand sich nicht in einem Bett.

Vorsichtig öffnete er die Augen – und spürte sofort ein Stechen in seinem Kopf. Rasende Kopfschmerzen. Er schloss die Augen wieder und legte eine Hand auf seine Stirn. Er spürte: Haare, lange Haare, die wirr um seinen Kopf lagen. Auf seiner Stirn fühlte er Creme, nein: Schminke. Seine Finger wanderten zu den Ohren: er trug Ohrringe. Und nun spürte er auch, dass er noch immer in diesem Kleid steckte, in dem er den Abend verbracht hatte. Die Füße waren auch jetzt noch in der unnatürlichen Haltung dieser hochhackigen Schuhe.

Er ließ sich Zeit. Die Erinnerung kam zurück. Er war nicht mehr in der Halle, das war eindeutig, er lag auch nicht mehr auf den Schultern des Mannes und der Lärm hatte sich vollkommen verändert, war jetzt eher ein Brausen wie von einem Motor.

Vorsichtig öffnete er noch einmal die Augen. Versuchte den Schmerz zu ignorieren. Er sah: eine helle Fläche über sich, neben sich, unverkennbar, die Rücklehnen von Sitzen. Ein Bus! Er lag offenbar auf der

Rückbank eines Busses, und das Dröhnen und die leicht schaukelnden Bewegungen deuteten darauf hin, dass der Bus fuhr!

Sofort überfiel ihn Panik. Er wollte sich unbedingt aufrichten, wollte wissen, ob es stimmte und wohin der Bus fuhr – er und die Menschen, die er immer deutlicher hören konnte. Aber noch hämmerte es in seinem Kopf, der Schmerz ließ nur sehr langsam nach. Zugleich verspürte er unglaublichen Durst, sein Mund und seine Kehle waren so trocken, dass er an den rissigen Boden eines ausgetrockneten Salzsees denken musste. Er brauchte dringend etwas zu trinken, das würde ihm sicher helfen, sich wieder fitter zu fühlen.

Er ließ sich noch einmal zurückfallen, sammelte seine Kräfte und versuchte die Panik niederzuringen. Er sah an seinem Körper herab, sah seine Beine, die noch immer in den Seidenstrümpfen steckten, und seine Füße in den heißen High heels. Es war also noch nicht vorbei. Er steckte noch immer in dieser peinlichen Situation, und wer weiß, wohin der Bus ihn fuhr?

Einige Zeit später, nachdem der Kopfschmerz ein wenig nachgelassen hatte, griff er nach der Rückenlehne eines der Sitze vor sich und zog sich ganz langsam hoch. Als sein Oberkörper fast aufgerichtet war, nahm er die Füße vom Sitz und stellte sie vorsichtig auf den Boden. Der Stoff des Rocks war verknautscht, auch die Schürze – er wollte all das nicht mehr sehen, musste endlich aus diesen Sachen heraus!

Er hob den Kopf zunächst so weit, dass er zwischen den Rückenlehnen hindurch im Bus nach vorn sehen konnte. Unmittelbar vor sich sah er ein paar Wuschel-, also wohl Frauenköpfe, dann einige freie Reihen, etwa die vordere Hälfte des Busses schien gut gefüllt zu sein.

Er ließ sich wieder auf den Sitz sinken, wollte erst einmal seine Kleider ordnen. Und auch seine Gedanken.

Er konnte sich nicht erinnern, was eigentlich passiert war. Irgendwer hatte ihm etwas in seinen Wein getan, das ihn außer Gefecht gesetzt hatte, das war klar. K.O.-Tropfen, oder soetwas. Aber was dann geschehen war, blieb ihm ein Rätsel. Es hatte ganz offensichtlich eine Schlägerei gegeben und jene Frau, in deren Schoß sein Kopf gelegen hatte, hatte sich um ihn gekümmert. Aber wer hatte sich mit wem geschlagen? Richtig: Einer musste der Trompeter sein, mit dem ‚Steffi' offenbar getanzt hatte. Aber wie war es dazu gekommen? Und wer waren die anderen?

Alles das war im Augenblick indessen gar nicht das Wichtigste. Schließlich trug er noch immer diese Kleider und die Perücke, auch noch den Schmuck und die aufreizenden Schuhe, in denen er den ganzen Abend herumgelaufen war. Und in diesem Aufzug saß er ganz zweifellos in einem fahrenden Bus – und der einzige Bus, der das sein konnte, war der der tschechischen Besuchergruppe, die in diesem Augenblick nach Hause fuhr. In die Tschechei! Er, noch immer im Kleid, mittendrin! Er war noch immer Steffi und er war auf dem Weg nach Osteuropa. Konnte das sein?! Was hatte das zu bedeuten?

Er beschloss, so schnell wie möglich herauszufinden, was geschehen war und nun passierte. Er setzte sich vorsichtig auf – sein Kopf dröhnte noch immer – und versuchte, Rock und Schürze ein wenig zu glätten, die Dirndl-Bluse geradezuziehen und die Haare etwas in Ordnung zu bringen. Wie peinlich: er machte alles, was eine Frau in dieser Situation wohl ebenfalls getan hätte:

erst einmal das Aussehen wieder herstellen. Nur wäre eine echte Frau wahrscheinlich zuerst zur Toilette gegangen und hätte ihr Make-up aufgefrischt.

Auf einmal hörte er weibliche Stimmen, die darauf hindeuteten, dass sein Erwachen bemerkt worden war. Er hatte sich klein gemacht, sich hinter die Rückenlehnen der Sitzreihe vor ihm geduckt, doch nun tauchten nacheinander zwei Frauenköpfe auf und auch ihre zugehörigen Körper, und sie drängten sich zu ihm auf die Rückbank, ganz offensichtlich darauf bedacht, von vorne nicht gesehen zu werden.

„Endlich!", sagte die eine der beiden Frauen flüsternd. „Bist erwacht!"

Stefan nickte. „Was ist geschehen?"

„Langsam!", antwortete die Frau wieder. „Erst: wie geht dir?"

Stefan fasste sich an den Kopf. Was sollte er sagen? Vor allem: wieviel wussten sie?

„Kopfschmerzen", antwortete er zögernd, „werden aber langsam besser."

„Gutt!", steuerte nun die andere Frau bei. „Werden gleich etwas zu trinken holen. Haben Sorgen gemacht. So blass!"

„Aber wie komme ich in diesen Bus? Und wohin fahren wir?"

„Wohin fahren?" Die Frau strahlte. „Nach Hause! In Tschechei! Porubky!"

„Porubky?"

„Ist Name unseres Dorfs. Im Osten, nicht weit bis Slowakei."

„*So* weit?"

„Haben auch ‚Dreiländereck', wie Ihr: Tschechien, Slowakei, Polen."

„Ist sehr schön da", ergänzte die andere Frau. „Berge so wie in Dorf von dir, aber höher. Viel Wald, wenig Menschen."

Stefan versuchte, den Fluss der Begeisterung zu unterbrechen. „Aber was ist geschehen? Wie komme ich in den Bus? Und vor allem: wie komme ich wieder hier `raus?"

Die beiden sahen sich kurz, aber vielsagend an und atmeten einmal tief durch. Dann wendeten sie sich wieder zu ihm.

„Du nichts mehr wissen?"

Stefan war überrascht. „Wieso – nein! Ich war doch offensichtlich ohnmächtig."

„Anfang nicht", widersprach die Frau vorsichtig. „Warst … konntest nicht richtig stehen, gehen. Wie Drogen. Aber … also: Bürgermeister dich gefunden!"

„Der Bürgermeister? *Euer* Bürgermeister?"

Die beiden nickten.

„Warst mit Jungens in Nebenraum."

„Jungens?"

„Musikerkollegen. Die haben …". Sie zögerte, setzte neu an. „sie wollten …" Sie bracht wieder ab. „Jedenfalls war nicht schön. Hörten plötzlich laute Stimmen und … wie Prügeln. Männer hinterher. Dann uns gerufen."

Sie machte wiederum eine bedeutungsschwere Pause.

„Sahst aus … nicht gutt."

„*Wie* sah ich aus?"

„Na, wie mit Drogen. Augen verdreht, hast kein Gleichgewicht gehabt. Mussten dich hinlegen."

Wieder eine Pause.

„Und dann?" Stefan wusste nicht, wie er formulieren

sollte, was er befürchtete. Aber: Nein, das konnte, das wollte er nicht fragen. Es gab ja auch kein wirkliches Zeichen dafür. Zu allem Überfluss fühlte er einen Kloß im Hals und sogar Tränen in seine Augen steigen.

„Männer haben verdroschen ein paar von diese Kerls. Richtige … *prasat*!" Sie stieß das Wort voller Hass hervor. Die andere Frau nickte. „Schweine!"

„Und … hat der Bürgermeister … irgendetwas gesehen? An mir, meine ich? Etwas …?"

„Von Frau?" Die beiden schüttelten lebhaft den Kopf. „Glauben nicht. War nichts zu sehen, trotz Ohnmacht."

Er räusperte sich, zögerte. „Und … Ihr?"

„Meinst, ob wir gesehen haben, dass … kleines Geheimnis unter schönem Rock?"

Stefan starrte sie unbewegt an.

„Haben doch längst gewusst! Ganzen Abend schon. Dich bewundert und gestaunt, wie sehr Mädchen! So schön! Aber hattest Hilfe, nicht?"

Stefan atmete erleichtert aus. Er nickte. „Es war eine verlorene Wette. Da haben die Mädchen mich angezogen."

„Und geschminkt, ja. Haben *sähr* gutt gemacht! Richtiges Mädchen geworden!"

„Kein Wunder, dass Bürgermeister sich verguckt."

Stefan schwieg verlegen. Immerhin war er erleichtert, dass sie offenbar nicht sauer waren oder ihn verachteten.

„Haben dich dann erst auf Bank gelegt. Aber Schlägerei ging weiter. Da Petr dich genommen und in Bus gebracht. Stand ja schon vor der Tür, zum Abfahren. Hierhin gelegt." Sie lächelten vorsichtig. „Alles gutt, jetzt."

Möglicherweise hatte er es also ihnen und ihrer Umsicht zu verdanken, dass er noch immer nicht – vollkommen – bloßgestellt war. Das jedenfalls meinte er ihren Andeutungen entnehmen zu können. Sie hatten ihn offenbar in Schutz genommen, sich um ihn gekümmert, wie sie sich um ein hilfloses Mädchen gekümmert hätten. Er war ihnen *mehr* als dankbar.

„Aber warum bin ich hier im Bus?"

„Bürgermeister bestand darauf. War großes Durcheinander in Halle, Diskussion, ob Polizei holen wegen brutalen Jungens. Fast nocheinmal Schlägerei. Und du warst in Ohnmacht! Bürgermeister wollte dich rausholen aus Chaos. Hat gesagt, legt in Bus. Dann Zeit vergangen. Leute sich noch nicht beruhigt. Viel Geschrei. Da alle eingestiegen und dann – losgefahren."

Stefan dachte kurz nach.

„Ich bin euch für alles, was ihr getan habt, sehr dankbar! Wer weiß, was sonst noch passiert wäre. Aber jetzt muss ich hier raus! Ich muss wieder nach Hause! Ich kann doch nicht weiter mitfahren."

„Aber wie willst du machen? Nach Hause?! *So* in Zug?" Die Frau deutete auf Stefan in dem etwas verknitterten Kleid.

„Kann ich mich nicht umziehen? Vielleicht kann mir einer der Männer Kleidung leihen."

Die beiden sahen sich skeptisch an. „Männer alle viel kleiner als junge Deutsche! Kleiner – und breiter."

„Wird dir nicht passen." Offenbar waren die beiden sich einig. „Ganz andere Statur. Kurze Beine, dicker Bauch." Beide lächelten.

„Kleid steht gutt! Bist wunderschöne Frau!" Die Frau sah Stefan von oben bis unten an und betonte die Worte, als wenn es das Natürlichste von der Welt wäre, dass Stefan die Kleidung einfach anbehielt. „Sollten vielleicht bisschen bügeln, damit Schürze wieder schön glatt. Und Röcke können nicht zu kurz sein wie Hose. Bleibst besser Mädchen."

In diesem Augenblick sagte die andere Frau schnell etwas auf Tschechisch. Die erste nickte. „Richtig. Wenn willst du in Zug nach deinem Hause, wir mussen dich hier umziehen, schminken. Und dann allein in Zug nach Hause … schwierig." Sie sah nachdenklich auf Stefans falschen Busen.

Doch Stefan ließ nicht locker. „Aber ich kann nicht mit euch bis nach Pubsky …"

„Porubky."

„… nach Porubky fahren! Wie soll ich überhaupt über die Grenze kommen? Und von da wieder zurück?"

„Oh, kein Problem! Wir dir helfen. Kleider, Schuhe – wirst nicht" – sie deutete auf die high heels – „in diesen Schuhen reisen wollen. Schuhe, Mantel, Tasche – kaufen in große Stadt. Dann Fahrkarte und Zug fahren nach Hause. Kein Problem!"

„Aber …"

„Und bis dahin müssen eben sehen, dass Bürgermeister nicht merkt Fehler!"

Stefan sah sie mit großen Augen an.

„Bürgermeister darf auf keinen Fall von Fehler erfahren!", schärfte sie ihm noch einmal ein.

„Große Schande?"

Die beiden nickten entschieden. Die eine hob den Zeigefinger: „Große Schande! Hat getanzt mit dir, hat geschäkert mit dir, alles, weil er glaubt, du Frau! *Schöne* Frau! Hat allen gesagt, was du für schöne Frau bist!

Wie Jehlička. Blamage, wenn herauskommen, du gar keine Frau!"

„Würde sehr beschämt und sehr zornig, wenn etwas merkte!", pflichtete die andere Frau bei.

Das sah Stefan ein. Er wollte den alten Mann, der sich so um ihn bemüht und ihn offenbar zum zweiten Mal aus der Hand des Trompeters gerettet hatte, auf keinen Fall blamieren oder beschämen. Wenn er also nicht in diesem Aufzug in einen Zug steigen und ganz allein nach Hause zurück fahren wollte, gab es vermutlich keine andere Möglichkeit, als zu tun, was die beiden vorschlugen. Er nickte.

„Also fahre ich mit euch mit – bis nach Porubky?"

Sie nickten lächelnd.

„Und bleibe weiter in diesen Kleidern – als Frau."

Wieder nickten sie, ergänzten: *Junge* Frau! *Sähr* junge, hübsche Frau!"

„‚Schöne Jehlička' sagt Bürgermeister immer."

„Und Ihr helft mir dabei, dass keiner etwas merkt?"

„Ist nicht schwer! Siehst gutt aus: schlank, schöne Beine, schöne Haut. Vielleicht Mieder etwas mehr schnüren, etwas mehr Schmuck – je mehr weiblich, desto mehr wird Bürgermeister geblendet sein und nicht auf seltsame Idee kommen …"

Stefan seufzte. All das erschien ihm unwirklich. Er konnte nicht glauben, dass er jetzt auf dem Weg nach Tschechien war, gemeinsam mit diesen Frauen, dem Bürgermeister und seiner Gruppe! Und dass dies nun kein Spaß mehr war und nicht mehr in ein paar Stunden vorbei wäre. Dass der Alptraum, mit dem er schon gestern gekämpft hatte, also nicht nur nicht zu Ende war, sondern noch an Dramatik gewonnen hatte. Gestern war jederzeit eine Flucht möglich gewesen, eine

Rückkehr in seine ‚richtiges' Leben innerhalb von Minuten zu bewerkstelligen – er hätte einfach nur die Bühne nicht betreten oder während des Gruppenfotos seine Sachen nehmen und nach Hause fahren müssen. Nun wurde dies mit jedem Kilometer schwieriger, den er in diesem verfluchten Bus weiter nach Osten fuhr.

Wieso hatten sie ihn unbedingt hier herein schaffen müssen – und dann losfahren! Wer war auf diese Schnapsidee gekommen, die ihn nun für Tage oder sogar länger in diese peinliche Rolle zwang? Stefan stutzte. Für wie lange überhaupt würde das so weitergehen müssen? Wenn er erst bis in die Tschechei mitfahren, sich dort neu ausstatten lassen und dann wieder zurückfahren musste? Und wie sollte er ohne Ausweis überhaupt über die Grenze kommen? Wenn die tschechische Polizei ihn ohne Ausweis in Frauenkleidern aufgriff ... Stefan sah sich schon in Frauenkleidern in einem Ostblock-Gefängnis sitzen; Bilder aus alten Spionagefilmen liefen vor seinem inneren Auge ab ...

Inhalt

Von Catherine May sind in der Reihe „Cross-dresser-Erzählungen" bisher erschienen:

„Neun Tage Frau – Teil 1"
(Crossdresser-Erzählungen – Band 1)
197 Seiten
ISBN: 978-3-7392-2829-9

„Neun Tage Frau – Teil 2"
(Crossdresser-Erzählungen – Band 2)
190 Seiten
ISBN: 978-3-7392-2999-7

In Neun Tage Frau *ist es eine Frau leid, dass ihr Mann sich immer nur beschwert, sie brauche zu lange für alles, was auch immer sie tue, wenn es um Vorbereitungen zum Ausgehen geht. Sie beschließt, ihn einen ungewöhnlich tiefen Blick in die Welt der Frauen werfen zu lassen mit wirklich allem, was für einen Mann irgendwie körperlich mit- und nachvollziehbar ist. Das Experiment beginnt – aus ‚Tom' wird ‚Judith' und als solche lernt er sehr viel mehr kennen, als er es sich hatte vorstellen können. Vor allem aber entdeckt er den geheimnisvollen Reiz, der darin besteht, in die Kleidung und die Rolle einer Frau zu schlüpfen. Die Transformation hat Auswirkungen auf sein Verhalten und mündet in vollständig neue, ungeahnte Erfahrungen. Judith entdeckt eine neue Welt, von der am Ende des Experiments nicht klar ist, ob sie sich von ihr wieder wird trennen lassen wollen.*

„Im Kleinen Schwarzen. Erotische Erzählung"

erschienen in mehreren Teilen:

Teil 1 (Crossdresser-Erzählungen – Band 3), 64 Seiten
ISBN: 978-3-7412-7242-4

Teil 2 (Crossdresser-Erzählungen – Band 4), 80 Seiten
ISBN: 978-3-7431-2847-7

Teil 3 (Crossdresser-Erzählungen – Band 5), 88 Seiten
ISBN: 978-3-7431-9482-3

Teil 4 (Crossdresser-Erzählungen – Band 6), 84 Seiten
ISBN: 978-3-7448-5187-9

Teil 5 (Crossdresser-Erzählungen – Band 7) 92 Seiten
ISBN: 978-3-7460-4948-9

Die Erzählung „Im Kleinen Schwarzen" wird fortgesetzt

Aus einem selbstvergessenen Spiel mit Dessous der eigenen Ehefrau wird plötzlich Ernst.
Von Eva vor dem Spiegel des Schlafzimmerschranks erwischt, findet Alex sich ganz plötzlich auf einem Weg wieder, den er von sich aus so nicht gewählt hätte: Eva will ihn in eine Frau verwandeln. Schneller als er es für möglich gehalten hätte, entgleitet ihm die Kontrolle. Der Zug nimmt Fahrt auf, und selbst als er glaubt, ihn noch immer bremsen zu können, rast er unaufhaltsam weiter. Eva stellt ihn vor die Wahl, entweder als Frau mit ihr zu leben (wie lange, lässt sie vorerst offen) oder das gemeinsame Haus und damit ihr Leben zu verlassen.
Je mehr Zeit vergeht, desto weiter geht die Verwandlung von Alex in ein ‚Mädchen'. Immer wieder kommt er an Punkte, an denen er eigentlich nicht weitergehen will.
Schließlich muss ‚Marie', wie Eva Alex nun nennt, sogar im Sekretärinnen-Look eine Stelle in einer Anwaltskanzlei antreten und im Dirndl auf's Oktoberfest gehen. Doch das ‚dicke Ende' steht ihr erst noch bevor.

Zuletzt erschienen:

„Ein Sommertagtraum"
(Crossdresser-Erzählungen – Band 9)
176 Seiten
ISBN 978-3-7481-4067-2

„Wiederum brach ein neuer Tag an. Als Peter erwachte, sah er als erstes seine lackierten Fingernägel. Sie waren rosarot und in eine Form gefeilt, die er zuvor an seinen eigenen Nägeln noch nie gesehen hatte. Er erkannte sie kaum wieder. Ähnlich erging es ihm mit seinen Füßen, auch sie sahen vollkommen verändert aus. *Mehr Mädchen* schien nicht mehr zu gehen ..."

Bei der Erzählung handelt es sich um den Tagtraum eines Jugendlichen im Zuge der Entdeckung seiner verstörenden Vorliebe für Mädchenkleidung. Ein bewusst perfekter Traum, in dem die verunsichernde Anziehung, die die Kleidung des anderen Geschlechts auf ihn ausübt, nicht auf Ablehnung, sondern auf echte Liebe trifft.

„Die Schwarze Witwe"
(Crossdresser-Erzählungen – Band 10)
108 Seiten
ISBN 978-3-7519-0548-0

„Erst sieht es aus wie ein Unglücksfall und ein Zufall. Aber schnell kommen Zweifel auf an den Motiven der vollbusigen Blondine, die plötzlich da ist und das beträchtliche Erbe beansprucht.

Als sie für einen Augenblick von der Bühne verschwindet, heißt es, schnell zu handeln: Ein Double muss her, das ihre Rolle übernimmt und das Erbe antritt, bevor sie zurückkehrt. Als Kandidaten stehen allerdings nur Martin, Carsten und Andreas zur Auswahl. Das Los fällt auf Andreas und von einem auf den anderen Augenblick beginnt für ihn das Leben als ‚Simone'."

Verlag und Autorin freuen sich über Rückmeldungen auf www.bod.de/buchshop oder www.amazon.de.